JN178145

集英社オレンジ文庫

ホワイトチャペル連続殺人

代筆屋アビゲイル・オルコットの事件記録

仲村つばき

本書は書き下ろしです。

Contents

ntroduction
クルー社の面々
ニコラス・クルック巡査
エドマンド・フリートウッド
伯爵家の嫡男であり、
殺されたジェーン・ブラウンの
元雇い主
アビゲイル・オルコット
イーストエンドで代筆屋を営む
変わり者の令嬢

Characte
アリス・
エザリントン
ソフィア
マシュー・ヘイル
バイオレット・ラングリー
リティク
アビゲイルの得意客
ビル・ヒル

イラスト／藤ケ咲

代筆屋
アビゲイル・オルコットの
事件記録

ホワイトチャペル
連続殺人

アビー。君の名前をこうして綴《つづ》る。
幾日も、幾年も、君のことを考える。
けれど僕と君は、まだ出逢《であ》えていないのだ。

プロローグ　令嬢VSまだ見ぬ事件

さまざまな匂いがひしめきあい、霧《きり》にまじって溶けてゆく。重油と煙、死体と泥、汗と香水。

街のすべてを吸い込んで、重たくなった灰色の霧が、いっときのまたたきのように薄くなった。

はっきりとする。栄光の都市、そして目を背《そむ》けたくなるような魔都、ロンドンの姿が。

産業革命により鉄道が開通すると、それにすいよせられるようにして、さまざまなものがロンドンに集結した。上等な綿織物、黒煙を吐き出し続ける工場、時間を切り売りする人びと、思惑《おもわく》やかけひき。

特権階級が便利で文明的な生活を享受《きょうじゅ》する一方、農村から出てきた若者に待ち受けていたのは、長時間にわたる過酷な労働、不潔な住環境、アルコール漬けの日々であった。

光が強く射し込めば射し込むほど、闇は濃く、際限なく広がってゆく。

その深淵を引き受けるのは、移民と労働者のひしめきあう下町、イーストエンドである。

工場の出す煙ですすにまみれた建物、油まみれの廃棄物や猫の死骸が放つ匂い。たばこの吸い殻《がら》を拾う男、生きているのか死んでいるのか区別のつかない泥酔者、テムズ川のどぶをさらう子どもたち。

そのようなイーストエンド、ホワイト・チャペルロードの一角にひとりの若い女がたたずんでいた。黒いパラソルをくるりと回転させながら、街の様子を注意深く観察している。

彼女の名前は、アビゲイル・オルコット。金色の髪をぴしりとまとめ、夜を塗り込めたような黒いリボンで飾った帽子をかぶっている。薄紫の瞳はするどく光り、好奇心と警戒心をあわせもったレディの表情をかたちづくっていた。パラソルも黒、帽子も黒、ドレスももちろん漆黒《しっこく》である。薔薇《ばら》の花を縫い取ったドレスは繊細かつ不便なように見えるが、実は大きな腰のリボンの下のポケットから、なんでも取り出せるようになっている。

広がったドレスのすそあたりに控えているのは、二匹のビーグル犬。飼い主の安全を守るため、くんくんと鼻を動かし、あたりを警戒している。

「いい子ですわ、シャーベット、ソルベ。そのままよく周りを見ているのですわよ」

アビゲイルの指示がわかっているのかいないのか、愛犬のシャーベットがうなった。彼女の背後で、呼び売りの男が物欲しげな顔でうろついていた。

あきらかに盗品とわかるものが並んだ露店、おそらく農場の主《ぬし》に無許可でもぐってきたナシ売りの女性から視線を外して、清掃作業員たちの馬車に目を向ける。

――覚悟していましたわ。ゆきとどいたカントリー・ハウスで暮らすようにはいかないということは。

アビゲイルは紙袋に入った焼きたてのパンをひったくられないよう抱《かか》え直す。

「……パンをとられるくらいですむなら、まだましですわね」

ストライキを呼びかける張り紙や、アパートの店子《たなこ》を募集するチラシのほかに、彼女の目に飛び込んできたのはおたずねもののポスター。

レザー・エプロンをつけ、気味の悪い笑みを浮かべる男のイラスト。白く浮かび上がるような女の遺体の前にして、たっぷりと血のしたたる包丁を掲《かか》げている。

今、もっともロンドンを騒がせている魔物——。

「切り裂きジャック《ジャック・ザ・リッパー》。ついに懸賞金がかけられましたのね」

連日新聞をにぎわせる、ホワイトチャペル連続殺人事件。

娼婦たちが次々と刃物で斬殺されるというおぞましい事件である。

一八八八年八月の最初の事件を皮切りに、すでに四人の被害者が出ているが、犯人の捕まる兆《きざ》しは未《いま》だない。数えきれないほどのデマが飛び交い、ロンドン中がこの見えない殺人鬼を恐怖するようになった。

このまま犯人がつかまらないようなら、ついに引っ越しも視野に入れなければいけないのかもしれない——。

鉄道駅の近くなら、比較的治安がいいと聞いていたのに。

第一の被害者がこのすぐ裏通り——バックス・ロウで亡くなってからというもの、アビゲイルは外出時に必ず愛犬たちを連れ歩くようになった。

「ごめんくださいまし。おたくのトムがわたくしにご用とお聞きしておりましたが」

馬車の前で声をかけると、たるんだエプロンをひっかけた女性が顔を出した。

「アビゲイル、ごめんなさい。肝心のトムがいないのよ。明日時間はある？」

「こんにちは、ストーンさん。事務所はお昼前からあいていますわよ」

幌《ほろ》馬車から、ぼろをまとった子どもたちが覗《のぞ》いている。

「長男のトムを工場に働きに行かせるの。書類を持って帰ってきたんだけど、私は読めないから。あの子と一緒に内容を確認してやってくれないかしら」

トムはまだ十歳になったばかりじゃないですの――。

その言葉を、アビゲイルはのみこんだ。屋根のある働き口が見つかるだけ幸運だ。雨の日も雪の日も、テムズ川のどぶをさらって、遺体を見つけるのを生業《なりわい》としている子だっているのだから。

「かしこまりました。労働契約書かしら」

「さあ、よくわからないね」

書類を出すだけきちんとしている職場なのか、よくわからないまま強引にサインをさせて、おそろしく安い賃金に文句を言わせない方便にするためなのか、判別がつかないのだろう。

「悪いわね、せっかく来てくれたのに」

「今日は買い物のついでに寄っただけですから、お気になさらず。明日事務所で待っていますわ」

「報酬は少し待ってもらっていいかい」

「新しく文書を書き起こすのでなければ、頂戴《ちょうだい》しませんわ。かわりにマッチを少しいただければ助かります」

「工場からちょちょいとくすねてくるさ。あれは簡単だからね」

ストーン家のおかみさんはそう言って、ぐずる子どもを抱きかかえた。

ほんの少しのマッチなど生活の足しにもならない。わかってはいるが、貧しい者からお金はとれない。それに、女ひとりで商《あきな》いをするなら、顔見知りを作っていくことは大事だ。

アビゲイルは身を翻《ひるがえ》して集合住宅の一角、レンガの建物にすべるようにして入っていった。

これならばいっそないほうがましであるような、狭苦しいロビーを抜けると、細くたよりない階段が中央に座している。くすみきって赤茶けたじゅうたんのしかれた階段を、ビーグル犬たちが我先にとかけのぼっていった。

階段をのぼりきれば、そこには二つの事務所の入り口が待ち構えている。

左の扉は家政婦派遣のクルー社、右の扉は代筆事務所オルコット商会。ふたつの看板の真ん中で、二匹のビーグル犬は待ちきれないというように振り返った。

クルー社の扉はいつもあけはなたれていて、賑《にぎ》やかな家政婦たちの待合室となっている。かわいがってもらうために突撃していった犬たちは、さっそく歓迎されている。

「おかえり。今日も飼い主の警護をがんばったのか、シャーベット」

「それはソルベですわ、クルーさん」

家政婦をたばねる長、トーマス・クルーは眉間《みけん》に皺《しわ》を寄せた。筋骨隆々《きんこつりゅうりゅう》のたくましい体で、エプロンをする姿はちぐはぐである。エプロンのポケットからは、くたびれきったはたきが飛び出していた。

今日も新人家政婦が仕事を病欠したので、かわりにどこかのお宅へ行ったのだろう。

アビゲイルが事務所を彼のお隣に決めたのは、彼がインド帰りの元軍人で、女王陛下から勲章ももらっているというだけではない。多くの婦人がトーマスの庇護《ひご》のもと、安心して働けていたからである。人のさばき方も丁寧《ていねい》で気持ちがよい。信用のおける人物だと思った。

「ひとり歩きは感心しないな、アビゲイル。うちのおばさんたちでいいから、誰かとふたり以上で行動するようにいつも言っているだろう」

「そうは言っても、生活するには外へ出なくちゃ。それにシャーベットとソルベも連れていきましたわ」

「これじゃ番犬にもならない」

おばさんたちにもみくちゃにされ、うれしそうに鼻を鳴らす犬たち。

二匹とも人が好きで、あちこちで撫でられるたびにひっくり返ってしまう。食べることにも目がないので、餌付《えづ》けでもされたらおしまいかもしれない。アビゲイルのパンもしつこく狙っているし。

「いやだわ。おたくの敷物を毛だらけにしてしまいましたわね」

「敷物は掃除をすればいいし、後からいくらでもなんとかなる。しかし身の安全はきちんと守らなくてはいけないぞ」

「犬には悪人をきちんと区別できるよう、しつけてありますわよ。なにより鼻がいいですし」

「実家から、男手を借りてきたらどうだい。最近のイーストエンドはえらく物騒だぞ」

「実家なんて連絡しようものなら――」

犬たちの登場によりアビゲイルの帰宅を知った家政婦たちは、我先にと押しよせる。

「ちょうどよかったわ、アビゲイル。よくわからない手紙が届いたの。これってなにが書いてあるのかしら」

「アビゲイル、お礼の手紙を書きたいのよ。親切な方が私のショールを拾って、わざわざ届けてくださったらしいの」

「見て、この封筒。サインはわかるの。これって兄の名前だから。でも書いてある内容はさっぱり。クルーさんが読んでくださるそうだけど、念のためあなたも目を通してくださらない。だってこの間もへんてこな詩が書いてあったのよ。クルーさん、途中で笑ってしまったの」

「わかったわ、わかりました。順番にね」

こうなるときりがない。パンを貯蔵庫に置かせてもらってからでないと。

アビゲイルは事務所の扉に鍵をさしこんだ。

トーマスは思い出したように声をあげた。

「そうだ、アビゲイル。君にお客さんだ。留守のようだから、うちで待ってもらっているんだが」

「それを早く言ってくださいまし！」

パン屋をたずねたのはほんの少しのことだったのに、運悪くすれ違ってしまったのか。

トーマスのそばで、むっつりとした顔をのぞかせるひとりの女性。

「ジェーン、お久しぶりですわね」

ジェーン・ブラウンは女優然とした顔立ちが映《は》える、目が覚めるような赤い口紅をひいている。

襟《えり》ぐりのあいたドレスからは、白い胸元がまぶしくのぞく。いつもふてくされたような表情をしていなければ、もっと美人なのにと思う。

トーマスの横で、ジェーンは居心地が悪そうに肩を縮めている。

「話を聞きますわ。入って」

おばさんたちの、ジェーンに向ける視線が少し冷たくなった。アビゲイルはそれを見て見ぬふりをした。

顧客は選ばない。

人種も、職業も、子どもも大人も、オルコット商会はこだわらない。

富める者から代金は頂戴するが、貧しいものからは受け取らない。

イギリスは階級社会である。たとえアビゲイルが三女で、両親の財産を相続する立場になかったとしても、ノブレス・オブリージュの精神を捨てるつもりはなかった。もちろん、きれいごとだけでは立ちゆかなくなることもある。請求書をためこんだり、ツケでパンを買ったり、生活に困ることも幾度か。

それでも文字に関することなら、なんでも耳を傾ける。

手紙を書くには、多くの人を知らねばならない。どんな境遇の人にも寄り添わなくてはいけない。それが心を届けるということだ。

それが代筆屋アビゲイル・オルコット——もとはオルコット伯爵家の深窓《しんそう》の令嬢、そして安定した生活を捨て、生家を出奔《しゅつぽん》した彼女のモットーである。

＊

オルコット商会の客室は、扉をあければすぐ目の前である。余計な受付も衝立《ついたて》もない。背の低いテーブルと、アビゲイルが座る背もたれのない椅子、それに向かい合うように置かれた二人がけのソファ。

応接スペースの脇には、書き物机がひとつ。羊を模したペンたてには鷲羽根《わしばね》のペンがさささっている。姉がコッツウォルズで買い求めたものである。

ジェーンはいらだっていた。狭いオフィスに入ると、うろうろしながら、小さなチェストの上に飾られた、陶器のレディをもてあそんだ。

「アビゲイル。あなたって本当はいいところのお嬢さまなのよね？」

そうたずねられて、アビゲイルは目をしばたたいた。

「いいところ……なのかもしれないですけれど……家柄だけは」

「お願い。あたし困ってるの。今夜泊まる場所もないくらい、徹底的にお金がないのよ。あなた、私のこと雇ってよ。この小さな事務所で人を雇うのが無理なら、あなたの実家でもいい。料理は得意じゃないけど、洗濯や掃除ならやるわ。ランドリー・メイドは募集してないの？」

「残念ですが、我が家にも余裕はないのです。もちろんこの事務所にもね」

ジェーンは遠慮なく、施錠されていない小さな扉をあける。ほんの小さなアビゲイルの個人空間だ。犬たちと眠れば暖房代わりになる簡易ベッド。クローゼットも、全身鏡も、生活を感じさせるものはこの部屋に押しこめているが、これ以上物は持てないだろうというほど狭かった。

「たしかに、メイドを雇えるような広さでないのはわかるけど」

「それでもわたくしだけの部屋ですわ」

事務所兼住宅にするのに十分な大きさとは言えないが、工夫をこらして作り上げたアビゲイルだけの城である。

「あんたは金持ちの道楽で、こんな酔狂な商売をやってるんじゃないの？」

「それは事実とは異なりますわ、ジェーン。酔狂と言われるのは覚悟の上ですけれども」

ジェーンはなにかを言いたそうだったが、上手に言葉にできないようだった。思い通りに舌の回りをなめらかにするなら、ほっとする時間が必要である。

「お茶はいかが、ジェーン。今夜は冷えますわ。せっかくですから、こんな酔狂な商売をすることになったわたくしのお話を聞いてくださいな」

キッチンはアビゲイルがひとり入って、お茶を沸かすことができる程度である。壁の貯蔵庫に、パンやバターや紅茶など、軽食になるものが詰め込まれている。クルー社のおばさまたちが焼いたケーキやビスケットが、たいてい何かしらおさまっていた。

湯を沸かし、カップもあたためる。

お客様に出すときは、良い茶葉を惜しみなく使うこと。茶葉の入った缶を手に取ると、アビゲイルはティースプーンを三回差し入れた。混ぜ物入りの偽茶《にせちゃ》をつかまされないように、決まったところからしか紅茶を買わないようにしている。

買ったばかりのパンを薄く切り、惜しみなくバターを塗る。

ピンク色の花が散った皿にのせて出してやると、ジェーンはまじまじとそれを見つめて、かぶりついた。よほどおなかがすいていたのだろう。

「喉《のど》がつかえては大変ですわ。紅茶をお飲みになって。砂糖もたっぷりどうぞ。その間に、わたくしがここにきた経緯《いきさつ》をお話しいたしますわ――」

ジェーンはうなずいた。アビゲイルは記憶をたどるように目をふせた。

アビゲイルがイーストエンドに事務所を構える、少し前。

オルコット伯爵家は、苦難が続いていた。

産業革命の波に乗り遅れ、それでものんびり構えていたオルコット伯爵家の先行きには暗雲がたちこめはじめた。資産は年々目減りし、後を継いでくれるはずの甥《おい》が病死してしまったのだ。

父はいつも渋面《じゅうめん》で資金の工面《くめん》にてんてこまいであった。

アビゲイルには双子の姉がいたが、彼女たちの嫁入りには莫大《ばくだい》な持参金が必要となった。

スコットランドにあったカントリー・ハウスを手放して、ようやく姉ふたりを嫁《かた》づかせることができたが、オルコット伯爵家にはもうあまり財産が残っていなかった。美術品を売り払い、使用人を減らし、ニューベリーにある小さな屋敷に住んだ。どうにか社交上の付き合いだけは欠かさないようにすることで、形ばかりの貴族の体裁《ていさい》を保っていた。母はウイスキーや精神安定剤が手放せなくなってしまった。

両親の悩みの種は末娘のアビゲイルであった。

この先よほどの幸運がなければ、姉たちのような華やかな結婚を、この子は望めそうにない。だがどんどん貧しくなっていく家に、この娘を残しておくわけにもいかない。なんとか結婚させなくては。自分たちより格下の家柄でも、お金のあるところに。あるいは、裕福な商人に。そうやっきになっていた父に、アビゲイルは告げたのだった。

「あら、結構よお父さま。わたくし、職業婦人になることにしましたの」

アビゲイルは自信に満ちていた。

なにを隠そう、姉ふたりの縁談がまとまったのは、アビゲイルの活躍があってこそなのだ。

姉たちは美しく、性格も朗《ほが》らかではあったものの、手紙の作法はいまいちであった。彼女たちにかわり、アビゲイルはペンを執《と》ったのである。

はげしく燃えさかる恋心を必死におさえこむうぶな女性になりきって、意中の男性へ気持ちを綴《つづ》り、詩までしたためたかと思いきや時には冷たくあしらい、時にはちょっぴり愚かな娘になって、見事男心をつかんでいった。

手紙を介せば、誰かになりきることができる。そして、相手ののぞむ姿を作りあげることができる。アビゲイルにとって手紙はたったひとりの観客に向けた芝居で、作品で、アビゲイル自身は監督兼主演俳優なのであった。

彼女はたちまち手紙を書くことに夢中になった。

そもそも、アビゲイルは祖父母や両親の恋文《こいぶみ》を読むのが大好きで、家族のものだけではあきたらず、よその家に行ってはこっそり手紙を見せてもらっていた。

会心の出来の手紙はどの家にもあるもので、お願いすればみな意外とすんなり見せてくれるものなのだ。

胸をときめかせる手紙、抱えきれない不安を吐露《とろ》した手紙、健康の状態やのっぴきならない財産の危機まで、手紙のやりとりはたんなる情報の伝達手段というだけではなく、人びとにとっての娯楽でもあった。受け取った手紙を朗読するのは家庭での楽しみのひとつでもあったのだ。

なかには、家庭訪問の招待を受けた時には必ず若い頃にもらった熱いラブレターを披露《ひろう》する夫人もおり、みなやれやれといった具合だったが……。

アビゲイルはそれらの機会を逸《いっ》することなく、学んでいった。

どんな言葉が人の心をつかむのか。どのようなやりとりで、相手を知ることができるのか。

必要な知識は。情報は。

気の利《き》いたやりとりとは。本物の気遣《きづか》いとは。それはお決まりの文句ではなく、関係性によりたやすく変化する。アビゲイルの代筆に相手が喜んだ様子なら、それがつかめたということだ。手応《てごた》えをえれば、アビゲイルはますますまめにペンを執った。

どんな小説より、誰かの手紙の方が心躍《おど》る――手紙に書かれていることを理解するために、アビゲイルは勉強をした。法律や経済、歴史や地図の読み方、戯曲《ぎきょく》や音楽、美術品や流行のドレス、料理や洗濯の方法にいたるまで。誰かの筆跡をまねるのも得意だった。姉のかわりに手紙を書き、使用人のかわりに契約書にサインをした。

そうして気がついた。

――わたくしには、才能がある。

職業婦人になるならこれしかないと決めていたのである。

両親がよく知りもしない男性との縁談をまとめてしまう前に、アビゲイルはトランクに荷物をつめこんで、列車に飛び乗った。三等客車のひどい座席にあっても、アビゲイルの胸は期待にみちあふれていた。これから向かうロンドンで、才覚のあるわたくしが、人生を邁進《まいしん》するのだ――わくわくしないわけがない。

祖母がアビゲイルに遺《のこ》してくれた唯一《ゆいいつ》の宝物、サファイアのブローチを軍資金に、ここイーストエンドに腰を落ち着けたのである。

「でも、わたくしもまだこのビジネスで成功しているとはいえません。発展途上なのですわ、ジェーン。あなたを相棒にできたら心強いことはまちがいないですけれど、人を雇えるほどの余裕はオルコット商会にもございませんの。そして、我が実家に新しいメイドを雇い入れる余裕はないのです。両親が住んでいるニューベリーのお屋敷は小さいものですし、地元に住んでいる通いのメイドが数人いれば十分。シーズン時のタウンハウスは二階建ての賃貸です。今年はすでに引き払っておりますわ。申し訳ないのですけれど」

「はーっ、アテがはずれたわねえ。じゃあ、もうあんたに用事はなさそうだよ」

ジェーンがアビゲイルのもとをたずねたのはこれが三度目だ。これまでは手紙の代筆の依頼だった。今日は書くべき手紙はないようである。

ジェーンはだらしなく足を投げ出して、ソファに身を沈めている。

「ねえ、たばこを吸ってもいいかしら」

「どうぞ。紅茶のおかわりもいかが、ジェーン」

「お酒はないの？」

「残念ながら」

「本当に？　あったまるのに。ワインも？」

アビゲイルは首を横に振った。

「まあいいわ。紅茶をちょうだい」

ジェーンのマッチをこする手はおぼつかない。

彼女が煙を吐き出すと、ぴりつくような甘い匂いが充満した。ジェーンが誰かの吸いさしではないたばこをくわえているのを初めて見た。以前は、そのあたりの路地に捨てられた吸い殻を拾っていたのに。

「あんたも吸う?」

「遠慮しておきますわ」

アビゲイルは喫煙者ではない。シャーベットとソルベは神経質に鼻を動かし、ラグに顔を伏せた。

「めずらしい香りのたばこですわね」

「しかもタダ。ボランティア団体がつくっているたばこなんですって」

どうりで吸いさしではなかったわけである。包み紙は目の覚めるようなブルー、羽を広げた黒い鴉《からす》のシルエットが描かれている。

救貧院や教会で、こういった嗜好品《しこうひん》が配給されることもある。イーストエンドの民《たみ》は、炊き出しや支援物資のくばられる日取りをよく把握している。

ジェーンはたばこを挟んだ指を揺らした。

「酒もたばこもやらないで、なにを楽しみに生きてるわけ?　あんた」

「わたくしはたばこは吸いませんが、お酒は少しばかりたしなみますわ。必要なときにね」

「めまいがしたときに医者に飲まされるとか？」

「わたくしはあまりめまいを起こさないのですわ」

「いかにも頭痛やめまいで倒れそうな、ひ弱そうな見た目をしているのにねぇ。まぁ、こんなところで商売やろうってんだ、ひ弱じゃつとまらないわね」

「そういうことですわ。ロンドンで一旗あげようという人は、みなそうでしょう。急にいらして、お仕事がないかなんて……ジェーン、あなたも先日とても良いお仕事が見つかったとおっしゃっていませんでした？」

　ジェーンはひとさし指と中指の間に細い紙巻きたばこをはさみ、なげやりに手首を振った。

「そう、言っていたわね。つい先月かしら、それとも先々月かしら。クビになったの。娼婦から足を洗って、あんたに恋文を書かせずともよくなった、って大見栄《だいみえ》きったのにさ。大船に乗った気持ちでいたんだけどなぁ」

「あなたの恋文、なかなか代筆しがいがありましたわ。でも別のお仕事が見つかったのなら、わたくし応援しなくてはと思っておりましたのに」

　このあたりの娼婦は路地に立って男を誘うが、ジェーンは寒い夜に道端《みちばた》に立つ必要などなかった。ウエストエンドの高級娼婦のように、決まったなじみがいたのだ。

なじみと長く関係を続けるために、ジェーンは工夫をこらしていた。

そのひとつが、恋文を使って疑似恋人気分を味わわせるものだ。男性は逢瀬《おうせ》を楽しみにしている手紙を喜ぶらしい。手紙のやり取りをするような男性は、小金持ちや実家が裕福な男たちが多く、金払いがいいという。

「たしか、どこかのお屋敷のメイドになられたとおっしゃっていましたわね？」

「メイドっていえば聞こえはいいわよ。まっとうだし、男をだまして金をまきあげるよりも、良い仕事だと思った。久しぶりに堅気《かたぎ》な生き方をしたくなったところだったのよ、あたし。でも実際働いてみたら、こっちから願い下げって感じだわ。血も涙もない家なのよ、フリートウッド家は。はじめは週に五日の勤務だと聞いていたのに、六日半もびっちり働かせるの。凍りつくような寒い日にだって、玄関を掃除させるのよ。洗濯物だって、たいして汚れてもいないのに大量に出すか、もしくはもう手遅れなくらいしみだらけのものを出してきて、しみが取れなければ小言を言われるの」

見てよ、ひどいあかぎれを作ったわ、とジェーンは手をかざした。たしかに痛ましい傷跡が残っている。皮膚は赤と黄のまだら模様に変色し、南国の蛇のようだ。

「支給されるのはキャラメルくらい小さなせっけん一個だけ。汚れなんて取れるはずないじゃない」

「まぁ、そんなことが……」

「面接の時からハウスキーパーのえらそうな年増女はあたしのことが気に食わなくていい顔をしてなかったし、それにあの、お坊ちゃま。エドマンド・フリートウッドなんて、私が部屋を掃除しにやってきたら、露骨に嫌な顔をしたの。でも、ノックもしたし、本当だったら彼はキツネ狩りに田舎《いなか》の屋敷に向かったはずなのよ。予定を変更したのは、あちらさんなのよ。それなのにこの部屋に立ち入るとはなにごとだーとかグチグチ抜かしてきて、陰険で最悪な男だったわ」

ジェーンの愚痴は止まらない。アビゲイルは、ストーブの上に置いたやかんが沸騰するのをみとめると、新しい茶葉を取り出した。古い茶葉を捨てて、ポットの中を新しい紅茶で満たす。あんずのジャムを挟んだ焼き菓子をそえて差し出した。ジェーンはいっきにそれを食べきってしまうと、口元をぬぐう。こぼれたカスが、胸の谷間にはりついていた。

「はーっ、とにかく最悪だったわ。次の勤め先への紹介状も書いてもらえなかった。でもあたしみたいな学《がく》もなくて娼婦あがりの女を雇ってくれるところなんてどこにもないし。ね、あんたあたしの紹介状を書いてよ。そういうのできるんでしょう」

「申し訳ないけれど、文書偽造はいたしませんの」

アビゲイルのもとにかけこんでくる労働者の中で一番多いのが、紹介状を書いてほしいというものだった。アビゲイルはこういった要求はつっぱねるようにしているが、それを欲《ほっ》する気持ちは理解できる。特に格式あるお屋敷で仕事をするならば、紹介状があるのとないのとでは大違いだ。

なければ転職では苦労するし、あったとしても内容がひどいものなら同じことだった。

「本来は元の雇用主《ぬし》が書くものでしょう？」

お屋敷仕事をする者の鉄則として、退職するにしても穏便に、どんなに偏屈な雇用主であっても、機嫌をそこねないようにしなければならない。でなければ次の職場を見つけるのは難しい。

「どうしてもだめ？」

「これはわたくしの信念よ。手紙や書類の代筆は、信用商売なのです。その信用を損《そこ》なうようなまねはけしてできない。一度失った信用は、どんなものを引き換えにしても取り戻せないものですから」

アビゲイルは、噛んで含めるようにそう言った。

「……わかったわ。どうしようもないってことよね」

ジェーンは乱れた髪に指を差し入れて、ぐしゃぐしゃとかき回した。

「もし、雇い主の行いに疑問を抱いたら、わたくしに相談してくださいまし。あなたの雇用状況について質問状を送ることはできますわ」

「今更言われたって遅いわよ」

「これからどうなさるの？」

「そうねぇ、流しの娼婦でもやるわよ。しばらくの間」

アビゲイルは思案顔《しあんがお》になった。

貴族向けの高級娼婦とは違い、このあたりを「仕事場」にする娼婦は、行きずりの労働者や植民地からの移民を相手にしていた。ジンにおぼれ、中毒になり、その日に飲む酒ほしさに男に声をかけてまわっている。

「以前のお客さまは？　わたくしが手紙を書いた方とか。その方の紹介で次のお仕事が……昼間に働けるお仕事が、見つかるかもしれないですわよ」

ジェーンは珍しいタイプだった。若く美しく、手紙を書くような上客が何人もいた。客層も、おとなしくして紳士的なタイプが多かった。

「そうはいっても、手紙を書いて約束をとりつけて、って何日かかるのよ。手っ取り早く稼いだ方がいいよ」

「少し待って。新聞を持ってきましょう。何か募集が載《の》っているかも。今宵《こよい》の宿ならこの事務所でも……」

「ははあ。あんたが必死に止める理由……ホワイトチャペル連続殺人事件だっけ？　このあたりであたしみたいな女を殺して回る殺人鬼が出るっていう……」

レザー・エプロン。

またの名を切り裂きジャック。

もちきりだった。

そう。イーストエンドだけではない。イギリス中がこの不可解な連続殺人事件の話題で

「あたしはそんなものにびびったりしないね」

イーストエンドのホワイトチャペル地区で、売春婦が次々と残忍な手法で殺されていた。するどい刃物で喉を裂かれ、絶命した娼婦たち。さらに遺体は執拗《しつよう》なまでに傷つけられていた。略奪や性的暴行が目的とする説もあれば、娼婦にうらみを持つ何者かの犯行であるともささやかれている。

大胆な手口の犯行だが、ロンドン警視庁はいまだに犯人をつかまえることができず、幾人もの被害者を出していた。

初めの殺人が起きたときにのんきに休暇をとっていたロンドン警視庁の責任者を罷免《ひめん》すべきである、という声もあるという。捜査の初動が遅れたがゆえに、被害が拡大していると。警察をあざ笑うかのように、切り裂きジャックの凶行はやむことを知らず、人々の不安をあおり続けている。

「警察が駆けつけたときには、犯人は煙のように消えてしまう。この殺人は幽霊のしわざではないかという人もおりますわ」

「信じてるの？　幽霊」

「いいえ」

アビゲイルは幽霊を信じてはいなかった。他にも犯人は移民であるとか医者であるとか警察官であるとか無責任な憶測がとびかっているが、生身の人間であることは間違いないだろう。

「幽霊が人を襲うにしては、派手なやりかたですしね」

しかし、いつだって切り裂きジャックが一枚上手である。一度も警察にしっぽをつかませない。謎が謎を呼び、大きな事件に育ってしまったのだ。

「お気持ちはありがたく頂戴するけどね。あんたも、二度たずねてきただけのあたしを自分の家に泊めようとするんじゃないよ。隣人が泥棒なんて、この街じゃめずらしくもないからね。あたし、あんたにまともな賃金だって払ってないんだよ」

「ですが」

「殺人鬼におびえて家に引っ込んでたら、おまんま食い上げちまう。今なら商売敵《がたき》も少ないだろうし、あたしは堂々とホワイトチャペルを闊歩《かつぽ》してやるよ」

「ジェーン、待って。わたくしからクルーさんに聞いてみます。派遣の家政婦にご興味は？」

「あんたを待っている間に聞いてみたよ。あっちも人手が足りてるってさ。それに、なんだかんだいってあのおばさんたちは品のいい人ばかりだからね。あたしみたいなのとは働きたくないだろうさ。安心しな。あんたの言うとおり、まずはラブレターでつないだ客に声かけてみるから。新作が必要になったらまた来るよ」

ジェーンはさっと立ち上がり、食べかすを落とす。ソルベが鼻をくんくん動かし、ソファの下の食べかすをなめとっている。

カップの中にたっぷりと紅茶を残し、ジェーンは去っていった。

「やっぱり、ジェーンはお酒のほうがお好みのようですわね」

カップを手に取り、アビゲイルはつぶやいた。

彼女はまだ知らなかった。

このときの出来事がもとで、何度も頭をかかえ、煩悶《はんもん》するはめになろうとは。

第一章　令嬢VSとつぜんの婚約報道

アビゲイルはインクのしみを作らないよう、ていねいに羽根ペンを置いた。

久しぶりの大口の仕事だった。結婚式の手書き招待状百枚の清書。なかなか神経を使う。この仕事が舞い込んで、ほっとした。

ニューベリーの屋敷に帰ってこい、という両親からの再三にわたる手紙に、アビゲイルは無視をきめこんでいる。

新聞がやたらとおどろおどろしく切り裂きジャック《ジャック・ザ・リッパー》について書きたてるせいだ。

セントラル・ニュース・エージェンシー社に届いた一通の手紙。

次は殺した女の耳を切り取って送ってやる――。

切り裂きジャックは大胆不敵にも、新聞社に犯行を予告してきたのだ。

はじめはいたずらの投書だと思われていた手紙だったが、予告通りに殺人が起きると、それは重要な証拠品となり、内容はのちに新聞に掲載された。

犯人はみずからのあだ名である「切り裂きジャック《ジャック・ザ・リッパー》」がいたく気に入ったようで、その名を名乗り、世間に接触してきたのである。

イギリス全土は震撼《しんかん》した。

夜になると、イーストエンドの人々は切り裂きジャックの影におびえた。殺人鬼が飛び出してきて、いつナイフを突き立てられるか、わかったものではなかった。

切り裂きジャック症候群とよばれる集団神経症《ヒステリー》に囚《とら》われた人々が日中から武器を携帯し、

隣人を疑ってかかった。

人種差別、職業差別的な暴力、私刑も絶えなかった。

どのような人間であったとしても、いつなんどき、刃が己《おのれ》に向くかはわからない。霧《きり》の中で無防備に生身をさらす覚悟がないなら、イーストエンドでは暮らせない。

アビゲイルとて、気をつけている。夜間に外出はしないようにしているし、近所の人にも声をかけあってひとりにならないようにしているし、お隣さんは屈強なもと軍人だ。

しかし、両親の心配のタネは切り裂きジャックだけではないのだろう。この事件をきっかけに、イーストエンドの環境がいかに劣悪であるか、知れ渡ってしまったのだ。

ジン・パレスからは多くの酔客があふれ、スリや泥棒が街にはびこっている。ボロにくるまる浮浪者。親のいない子、ごみを奪い合う移民たち。人心の荒《すさ》みきったこの街は、法や行政の取り締まりすら追いつかず、次から次へと争いが起きた。

行政の手が入り、浮浪者や娼婦が一掃されたとしても、彼らは一時的に住まいを変えるだけで、なんの解決にもつながらなかった。

——いい加減、意味のわからない商売などたたみ、我が家に帰ってきなさい。今からでも遅くはありません。良い縁談があるから、いくつか受けてみるのです。お父さまも、あなたが自発的に帰ってこないというのなら、むかえに行くと言っています。

母の必死の訴えは無視したが、最後通牒《つうちょう》ともとれる手紙を受け取り、彼女は陰鬱《いんうつ》な気持ちになった。

「今度こそ本気かもしれないですわね……」

父は、力ずくでもアビゲイルを呼び戻すつもりでいる。

ドアノッカーを急《せ》くように叩く音がし、アビゲイルは飛び上がった。

もしかしてとうとう、お父さまが……。

しかし、響いてきたのは聞き覚えのある声だった。

「アビゲイルさん。アビゲイル・オルコットさん！」

シャーベットとソルベが前脚でかりかりと扉をかいている。

「はい、ただ今」

まだ営業時間ではない。なにごとかと思い扉をあけると、イーストエンドでなじみとなった警察官、ニコラスが生真面目《きまじめ》な顔で立っていた。

「どうしたの、ニコラス。またどこかで泥棒が？」

彼はいつも泥棒を追いかけているが、捕まえられたためしはほとんどない。やる気はあるのだが、思い込みが激しく、犯人があっちに逃げたはずだと決めつけては、見当外れの方向へと突っ走ってしまう。制服は先輩から譲り受けた品なのかぶかぶかで、童顔のせいもあり、なんだかしまりがない。

「いいえ、もっとすごい事件なんですよ。あまりにもすごいので、一番にアビゲイルさんにお伝えしなくてはと思いましてね。差し支えなければお茶をいただきながら、お話しできないかなと」

「どうぞ」

イーストエンドの警察官たちは、もっとびしっとしていて、強面《こわもて》で、肩をいからせて歩くのが常だが、ニコラスはふにゃふにゃとしている。さらに勧《すす》められてもいないのにお茶をごちそうになろうとする図々しさであった。事件などめったに起こらない小さな村ならともかく、なぜロンドン屈指《くっし》のスラム街に配属されているのか不思議で仕方がない男であるが、話しやすいので懇意《こんい》にしている。

多くの住民がそう思っているように、こんなニコラスでも気休めの魔除《まよ》け程度の役には立つのであった。

「それで、今日は？　すごい事件って？」

やかんで湯を沸かし、ポットに茶葉を入れながら、菓子について考える。たしかこの間クルーさんのところの家政婦のひとりが、ブランデー入りのケーキを焼いてきてくれたはずだが……。

「切り裂きジャックですよ。昨晩新たな被害者が出たんです！　とうとう僕も本庁……スコットランド・ヤードの捜査に協力することになりました」

興奮をおさえきれないように、ニコラスは前のめりになった。

「しかも、今度こそ犯人の目星はついているんです。もう事件解決もすぐそこのところなんですよ。しかし、念には念を入れて証拠を固めていこうと思っていましてね」

ニコラスは自信たっぷりだ。

似顔絵を取り出し、アビゲイルに差し出した。

「これは……」

彼女はすみれ色の瞳をこぼれんばかりに見ひらいた。

ニコラスは朗々と、芝居のセリフをとなえるように説明する。

「ジェーン・ブラウン、二十三歳の娼婦ですよ。遺体で見つかったときの写真もあるんですが、ご婦人は卒倒《そつとう》しかねないものですので、今日は持ってきていません。かわりに顔の特徴をつかんだ似顔絵だけ描いてもらったんです。生前の彼女を知っている人物が、ここの近くの簡易宿泊所にいましてね。聞き取りの結果かなり本人に近い仕上がりになっていると思いますよ」

似顔絵の女はぱっちりとした瞳、とおった鼻筋、すぼんでみえるようないたずらっぽいくちびる。女優然とした表情が加わればまるきりのジェーンだ。

「まさか、新しい被害者って、彼女ですの」

「そうです。まだ新聞にも載《の》っていないんですよ。つい先日、四人目の犠牲者が出たばかりで、情報が錯綜《さくそう》しています。しかし、今までの傾向からして切り裂きジャックの犯行であることは確実かと。ジェーンは、アビゲイルさんの顧客だったんですね？」

　アビゲイルはうなずいた。

「僕がここをたずねたのは、まさしく彼女について聞くためです」

「ええ……ええ……少し待って」

　やかんの湯がぐらぐら沸く音がして、あわててストーブからとりあげた。お茶を淹《い》れたいが、手元がおぼつかない。アビゲイルは深い呼吸をくりかえした。

　自分はめまいを起こさないから、強いお酒はいらないと、ジェーンに言ったときのことを思い出した。やはり食料庫にブランデーを入れておくべきであったかもしれない――。

茶葉の缶を手に取り、ゆっくりとその香りを嗅《か》いだ。自分を取り戻してゆく。

「昨晩と言ったわね。もう少し詳しく聞かせてもらえるかしら？」

「女性にはショックな話かもしれませんよ」

「構いませんわ」

　ニコラスは大げさなほどふくらんだ手帳を取り出した。

「ホワイトチャペル地区の、行き止まりの路地で、こちらのジェーン・ブラウンが座り込んで亡くなっているのが見つかりました。全身くまなくえぐられたような傷がありましてね。あのような残忍な殺し方は、切り裂きジャックの仕業《しわざ》にほかならないでしょう。ジェーンは娼婦ですし、今までの切り裂きジャックのターゲットからもはずれません。新聞社に送ってきたふざけた殺害予告に『耳を切り取って送る』というものがありましたが、その予告後に殺害された三人目、四人目も耳はくっついたままでした。殺害予告どおりに殺人が行われないことは、前例を見ればあきらか。ジェーンにも同じく耳は残っていましたが、彼女の殺しも連続殺人犯のしわざかと」

たばこをふかし、しかめ面《つら》をしていたジェーンの姿を思い浮かべる。

あの夜――もっとしっかりと警告し、止めるべきであった。

実家に連絡して、ひとりくらい新しいメイドを雇い入れてくれないか、と聞いてみたらこんなことにはならなかっただろうか。アビゲイルがおとなしくニューベリーに帰ることにしたなら、父もメイドをひとり受け入れるくらい、うなずいたかもしれない。

つい先日この部屋で過ごした知り合いが、殺されてしまったなんて。

イーストエンドで商売をしていれば、顧客の行き倒れや失踪《しっそう》の経験などはあるが、これはさすがに初めてのことである。

「……犯人の目星はついているとおっしゃいましたわね？」

「そうです。第一発見者になった男が、ジェーンの得意客だったんですよ。かなり入れあげていたようだという証言もありましてね。男女間のいざこざの結果、というやつでしょう」

まずはラブレターでつないだ客に声をかけてみる――たしかに彼女はそう言っていた。

「その男が、他の被害者も殺したんですの？」

すでに四人の切り裂きジャックの犠牲者が出ている。つまりジェーンは五人目の被害者、ということになる。

「犯行声明は、他にはまだ届いていましたの？　セントラル・ニュース・エージェンシー以外にもこの件について犯人から予告はあったのかしら？　三人目、四人目の被害者に関しては予告があったのですわね？　ではこれは……」

「いやあ、それはまたおいおい調べていかないとわからないですけども……それに初めの被害者の殺人は予告らしい予告なんてなかったんですから、予告にばかり注目するのもよくないですし……」

ニコラスは急にもごもごと口ごもりだした。アビゲイルはようやく気持ちを落ち着けると、紅茶を注いで、彼に差し出す。

懐《ふところ》から手帳を出したりしまったりしながら、ニコラスは続けた。

「とにかくね、怪しいんですよその男が。幾度となくジェーンともめているところを見ている人物だっているわけなんです。叩けばたんまりホコリが出てくるに違いありません。あんなふうに残忍な殺し方のできる人間が、ふたりといるはずがありませんからね。これまでの事件も全部そいつが犯人ですよ」

「ニコラス、多くの被害者を出している事件よ。もっと慎重に調べた方が良いのではなくて？」

「おっしゃる通りですよ、アビゲイルさん。僕もそう思ったから、こうしてたずねてきたんじゃないですか。僕は慎重な男ですからね。ジェーンはなにか言っていませんでしたか。誰かに脅《おど》されているとか、問題を抱《かか》えているとか……」

「そうねえ」

そのとき、ドアノッカーを叩く音がした。几帳面《きちょうめん》に二回。一瞬、おそるべき切り裂きジャックの襲来かと肝《きも》を冷やしたが——。書き物机の上に、実家からの手紙が出しっぱなしになっているのに目がいって、はっとした。今度こそ父かもしれない。

「ニコラス、ちょっといい？　わたくし、キッチンに隠れるわ」

「なぜですか？」

「わけありなの。わたくしによく似た紳士がたずねてきたら、こう言って。『アビゲイルは安全な場所に行っていて、しばらくここを留守にする』と。警察官のあなたがそうしてくださるなら、説得力もありますのよ」

「任せてください！　安心と信頼のニコラスが対応いたします」

ニコラスがびしっと背を正したので、アビゲイルはお言葉に甘えてキッチンの物陰に身をひそめた。

「……オルコット商会は、こちらか？」

響いてきたのは、いぶかしむような低い声であった。

お父さまの声ではないわ――。

アビゲイルは食器棚の脇からちょっぴり頭をのぞかせた。客人はこの街に似つかわしくないほど、身なりのきちんとした男だった。糊《のり》のきいた白いシャツに、コートの袖口《そでぐち》には瞳と同じ色の青い宝石を嵌《は》めたボタンが縫い留められていた。ブーツは埃《ほこり》ひとつなく、しっかりと磨かれている。

灰色がかった髪に、白い肌。つり目がちの瞳は見つめる者をするどく射すくめるような光をはなっている。背が高く、しかもあごをつんと上げているので、小柄なニコラスは見下ろされる形になっている。

ニコラスは気圧《けお》されたようだが、すぐに自分を取り戻した。

「お客人ですか！　あいにくですが、アビゲイルさんは留守ですよ。安全な場所に行っています」

「安全な場所とは？」

短く、えぐるような口調であった。

「と、とにかくあなたに教えられる場所ではありません」

「ここの主人と、あなたはどういった関係で？」

「ど、どうだっていいでしょう。まあ、親しくはあるかな。信頼もされていますよ。留守を任されているくらいですからね」

警官の制服を着ているのだから堂々としていればいいのに、ニコラスはなぜかよけいなことをべらべらとしゃべっている。

「この街に安全な場所なんてあるのか？　警察官がのんきに、主人のいない部屋で休憩をしているようなありさまで」

シャーベットとソルベは、上目遣《うわめづか》いで男を見るだけだ。吠《ほ》えもしなければ、牙もむかない。どうする？　といった顔で、アビゲイルと男を交互に見ている。

（まぁ、この紳士。感じは悪いけど犬たちは悪い人だと思っていないのだわ――）

シャーベットとソルベには、悪人にはそれなりの対応をするようにしつけてある。

テーブルに広げられた新聞記事を手に取り、男は言った。

「切り裂きジャックの殺害予告か。何人も人が死んでいるのに、こうも警察はお気楽か。犯人が捕まらないわけだな」

「なにを――」

「ちょっと待ってくださいまし！」

アビゲイルはすかさずキッチンから飛び出して、男の前に立ちふさがった。

「わたくしにご用なのでしょう？　大変失礼いたしました。ニコラスはわたくしが頼んで、留守をあずかってくださったのです」

「い、いかにもそうですよ。失礼だなあなたは」

ニコラスが騒ぐのを無視して、男はアビゲイルに視線を向ける。

「あなたが、アビゲイル・オルコットか。彼いわく、安全な場所にいたのでは？」

「……手違いがありまして、戻って参りましたの。いかにもわたくしがアビゲイルですわ。代筆のご依頼でしょうか。話をお聞きしましょう」

「いや――……」

男は、しばしの間沈黙した。アビゲイルをそっとながめ、一度視線をそらす。

犬たちが立ち上がり、男の匂いを嗅いでまわった。

「こら、シャーベット、ソルベ。いけません。シットダウン、おすわりよ」

シャーベットの毛がはらりと男の靴の上に落ちた。彼はそれを不快そうにみとめると、アビゲイルにたずねた。

「ここにジェーン・ブラウンという女性がたずねてこなかったか？」

「……なんですって？」

ジェーンの名を聞くのは今日で二度目である。

「ジェーン・ブラウンだ。もとはうちのランドリー・メイドでね。わけあって解雇したんだが、彼女が盗みをはたらいたようで、行方《ゆくえ》を捜している。警察は切り裂きジャック事件にかかりっきりで、ちょっとした盗みなどまともにとりあってくれないんだ。なにより、父があまり大げさにしたくないというのでね。俺個人で、彼女の行方を調べている。――ジェーンの部屋に、ここの名刺が」

男が取り出したのは、たしかにオルコット商会の名刺であった。二匹のビーグル犬が手紙を見つめ合うイラストで、イーストエンドの画家に依頼して、描いてもらったのである。カードを作ってもらう代わりに、手紙を何枚か代筆してやった。

アビゲイルは、なじみ深い自身の事務所の名刺と、男の整った顔を交互に見比べた。

「ではあなたが、フリートウッド家の方？」

「申し遅れた。俺はエドマンド・フリートウッドだ」

憎々しげに、彼の名前を吐き捨てたジェーンの顔を思い出した。

エドマンド・フリートウッド。

陰険で最悪な男！

「あなたが、キャラメル一個ほどの小さなせっけんで大量の洗濯をこなすよう、理不尽な要求をしたり、真冬に玄関の掃除をさせたり、週休二日の約束をやぶった、あのエドマンド・フリートウッドですの？」

「は……？　なんだそれは」

「しかも、ジェーンの紹介状を書くのを拒否したという……？」

「アビゲイルさん、今の本当ですか」

ニコラスが鼻息を荒くした。

「そうよ、間違いなくてよ。ジェーンがここに来たとき、ずいぶんな目にあったと話しておりましたの」

「ちょっと、おたく。署まで来てもらおうか」

「は⁉」

ニコラスはびしりとコートの襟《えり》を正した。

「ジェーン・ブラウンがおたくで盗みを働いたと？　聞き捨てならないな。よほど大事なものを盗み出したとみえるね。紹介状も書かずに放り出すとは、おだやかな辞《や》め方でもなかったようだ」

「ちょっと、なんなんだあなたは」

「なんなんだ？　さっきさんざん僕が奉職《ほうしょく》する組織をばかにしただろう。ご存じの通り警察だよ。スコットランド・ヤードさ！　犯罪捜査部で、切り裂きジャック事件を担当している」

ニコラスは犯罪捜査部の所属ではなかったはずだが、切り裂きジャック事件の捜査に加わっているため、エリート捜査員になった気分でいるらしい。スコットランド・ヤードと告げたあたりから、声がいちだんと高くなった。

「ジェーン・ブラウンは殺された。あなたは重要参考人だ、エドマンド・フリートウッドさん。主人と使用人。なるほどそういった目のつけかたもあったか。切り裂きジャックの犯人は、立場ある人間という説もあるからな」

「おい、なにをぶつぶつ言っている！　殺された!?　ジェーンが!?」

ソルベがわおんと吠え立てると、シャーベットもつられてかしましい鳴き声を上げた。

クルー社の家政婦たちが、なんだなんだと扉をあけ、しっかりと中を覗いている。

「お前は署まで同行してもらうぞ！」

先ほどねめつけられたのが、よほどくやしかったのだろう。ニコラスは腕をふりあげて大げさに手錠をとりだし、エドマンドの手首にがしゃりとかけてしまった。

「あ」

アビゲイルはぽかんと口をあけて、その様子をながめていた。

「おい、放せ！」

「ほら、どいたどいた！　今歴史的瞬間がおとずれたかもしれないが、野次馬は散るんだ！　明日の一面は犯人逮捕の記事だぞ！　お手柄はニコラス様だ！　よくおぼえておくんだな！」

ニコラスは野次馬をかきわけ、エドマンドを引きずりながら出ていってしまう。

アビゲイルはふたりを追いかけ、階段の踊り場で叫んだ。

「ニコラス！　犯人の目星はついているんじゃなかったんですのー!?」

まったく聞いていない。

任意の聴取だけならもっと穏便にするべきである。これほど大声でふれまわっては、まるでエドマンドが犯人と決まったかのような印象をあたえてしまうではないか。

案の定、家政婦たちは階段の手すりにつらなって、連行されるエドマンドの背中を見送ると、それぞれが思い思いにしゃべりだす。

「切り裂きジャックの犯人が、エドマンド・フリートウッド！」

「誰よそれ」

「あら知らないの。有名な人なのよ。フリートウッド伯爵家のご嫡男《ちゃくなん》！」

「それって女王陛下と関係のある人なんかい。甥《おい》っ子とかさ」

「さあ……」

「でもすごく見目麗《みめうるわ》しい男よ！　ご令嬢たちはあの男とダンスを踊るために何時間も化粧するってんだから。どうやらずっと独身らしいの！　しかも大金持ちで、立派な会社をいくつも持っているんですって」

「どうでもいいことだけ詳しいのね、あんたは」

「私が掃除しに行っている家のお嬢さんたちが、い一っつもしゃべってるわよ。エドマンド様、エドマンド様って。どこから手に入れたのか写真まで大事に持ってるんだから」

「そんなに美しくてお金持ちなのに独身なのかい」

「どこぞの王女様と秘密の婚約しているって噂もある」

「どこぞって、どこだい」

「知るもんか」

「しかしニコラスも派手にやったね。すっかりお手柄きどりじゃないか」

「あこがれのアビゲイルにいいところ見せられる機会なんてそうそうないものね。あの子とお茶するだけで幸せだっていっつも言ってるよ。たいした用事もないのにパトロールしに来ちゃってさ」

「そりゃ、ニコラスの身分じゃ貴族のご令嬢とお茶会なんて、そうそう機会もないしね」

「しかし腐っても身の程知らずでもニコラスは警官だ。あの制服を着てウロウロしてくれるんだったら、ご近所の治安がわずかでも守られるじゃないか」

「言えてる」

「あらいけない、こんな時間」

「仕事に行かなくちゃ！」

エプロンやハンドバッグを手に、おばさんたちは元気よく出かけていく。名門大学の学生寮や資産家のお屋敷、それから貴族の別宅。モップかけに洗濯、パーティーに出す料理のお手伝い。おばさんの仕事は多岐にわたる。立派な家ひとつにつき、三人はおばさんありだ。

「彼、気の毒に。うちのおばさんたちにかかったら、噂はあっという間にあたかも真実のように広まっちまうよ」

トーマスはあきらめたように言った。

ジェーンの死亡記事と同時に、容疑者の一人として、連行されるエドマンドの後ろ姿の写真が新聞に載《の》ったのは、翌々日のことであった。

＊

検視の結果、ジェーンが亡くなったのは十月十日の真夜中であることがわかった。この日、エドマンド・フリートウッドにはたしかなアリバイがあった。

「そうだろうと思いましたけど」

エドマンド逮捕の一報は新聞各紙を一時にぎわせたが、疑いが晴れるのも早かった。

その前日、エドマンドはスコットランドにいた。彼は買収したばかりのウィスキー蒸留所を視察し、責任者と打ち合わせをしている。その後プルマン列車に乗り、ロンドンへ。移動中は食堂車やラウンジにいる彼の姿を多くの人間が目撃している。自宅のナイツブリッジに戻ったときには、すでにジェーンは遺体になっており、死体安置所に運ばれていた。

これでは犯行が可能なはずもない。

エドマンドはたいそう仕事熱心なようである。多くの人とかかわる彼の仕事ぶりがアリバイを証明していた。噂を聞くに、彼はいくつもの事業の買収に成功し、経営にも手ぬかりがない、成功者だった。

新聞を置いて、ひと息つく。

ジェーンの死について、どの新聞も詳細に書き立てている。今までアビゲイルが知り得なかったジェーンの過去についても。

ジェーン・ブラウンは孤児だった。バーミンガム出身で、父親はいない。母親はジェーンと同じような仕事をしていたが、アルコール中毒のすえに亡くなった。幼くして天涯孤独となったジェーンは孤児院に身を寄せ、成人後はめぐまれない境遇の若者の例に漏れず――とにかく仕事を求めて、ロンドンに出てきた。いくつかの工場で女工をしていたが、どれも長続きせず、イーストエンドに落ち着いた。十代のうちにロンドンで知り合った商売人と結婚、その後ほどなくして離婚し、娼婦になっている。

特段めずらしくもないプロフィールである。

アビゲイルはページをめくった。

【第一発見者は無実を主張。それが真実ならば、切り裂きジャックは幽霊か!?　犯行不可能な袋小路《ふくろこうじ》での殺害】

ジェーンは狭い路地裏で殺されていた。ここにたどりつくための道のりは、パブとアパートの間の細い道のみ。ジェーンがそこへ入っていくのを、そのあたりをねぐらにしている浮浪者のひとりが目撃している。

死亡推定時刻に人の出入りはなかった。

【そして、ジェーンの遺体が発見された。遺体は無残なありさまであり、目玉もえぐられていた。ロンドン警視庁は切り裂きジャックの犯行と見て、依然《いぜん》捜査を続けている――】

第一発見者となった男はジェーンのなじみ客で、彼女とここで待ち合わせていたのだという。状況をかんがみて、ジェーンを発見した男が犯人でほぼ確定かと言われており、そうそうに釈放されたエドマンドとは違い、今でも警察で取り調べを受けているという。

新聞をたたみ、アビゲイルは思案《しあん》する。

記事によれば、ジェーンは事件当日、手紙で男を呼び出したようだ。

彼女は字が書けない。いつも自分が手紙を代筆していたのである。

しかし、この手紙はアビゲイルが書いたのではない。では、いったい誰が――……。

ドアノッカーが几帳面に二回叩かれた。アビゲイルは顔を上げ、立ち上がる。

「はい、どなた」

「俺だ。エドマンド・フリートウッドだ」

アビゲイルは扉をあけた。いくぶんやつれた顔のエドマンドが立っている。

「ひどい目に遭《あ》われたようですわね」

「誰のせいだと思っている」

　エドマンドは忌《い》ま忌《い》ましげにこちらを見ている。

「まあ。わたくしのせいだとおっしゃりたいの」

「あなたが、無能な警察官に俺を引き渡したんだろう。俺は用事をすませに来ただけだったというのに」

「人聞きが悪い。ニコラスが勝手にあなたを連れていっただけですわ」

　アビゲイルが言うと、エドマンドの顔がかっと赤く染まった。

「あなたのせいで、俺がどんな目に遭ったかわかるか。切り裂きジャックの容疑がかけられていたんだぞ。どこへ行っても白い目で見られるし、記者はびっちり俺のあとをついてまわってくる。商談がいくつもふいになった」

　髪をかきむしり、言葉に詰まる姿は、気の毒なほどである。よほど警察での取り調べがこたえたのだろう。

「それは……あの……大変でしたわね」

「大変でしたわね!?　それだけか!?」

「他に言いようはないですわ。お気の毒に、とか災難でしたわね、とかくらいしか。『ひどい目に遭われたようですわね』はもう言いましたもの」

「あなたが警察に余計なことを言ったせいで、俺はめちゃくちゃな扱いを受けたんだぞ！

とんでもない濡れ衣《ぎぬ》のせいでどれほど迷惑しているか。責任をとってくれよ」

エドマンドが叫んだ。

オルコット商会の扉は、あけはなたれたままである。そこからいくつもの顔がのぞいていた。クルー社の家政婦たちが、色めきたっている。

「エドマンド・フリートウッドよ。またアビゲイルに会いに来たわ」

「アビゲイルにめちゃくちゃにされたらしいわよ」

「すごいわねえ」

「あの子は時代の先端を行く職業婦人だからね。男にめちゃくちゃにされる方じゃなくて、する方なんだわ」

「男が泣きながら責任とれって言うのもなかなか見物よね」

彼女たちの視線を感じて、アビゲイルはエドマンドをまねき入れ、扉を閉めた。

「入って。とんでもないことになっていますわ。紅茶を淹れますから」

アビゲイルが扉のガラス窓にカーテンまでかけてしまうと、がっかりしたようなうめき声が廊下に響き渡った。

＊

エドマンドは出された紅茶のカップをちらと見下ろした。今日の彼は濃紺のフロックコートに身を包み、珊瑚《さんご》のボタンを袖に留めている。

「給仕のものは雇っていないのか」

「ええ。キッチンが狭くて、わたくしひとりで定員ですわ。オルコット商会は言うなれば、少数精鋭ですわね。小間使いもいないですわ。いるのはシャーベットとソルベだけ」

エドマンドは犬たちを見た。くっついて眠る犬たちは、エドマンドに構うそぶりもない。

「不自由だろう」

「そうでもないですわ。気軽でいいものですわよ。人を雇ったからといって、楽になることばかりでもないですわ。さあどうぞ」

顧客のひとりが持ってきてくれたものだ。乾燥したオレンジの皮が入っている。たくさんの混ぜ物があるのは苦手だが、これはオレンジの皮が均一で、質がいい。たっぷりと茶葉を入れたので、ふくよかな香りが広がった。

エドマンドは用心深く紅茶に口をつけ、それからしゃべりだした。

「雇用は楽なことばかりでもない……か。そうだな、俺にとっては今回の件がまさにそうだった。ジェーン・ブラウンのことだ」

「彼女が盗みをはたらいた、とおっしゃっていましたわね」

テーブルには、新聞が出しっぱなしになっている。エドマンドがやってきたということは、彼女の話題になると思っていたので、あえて片付けなかった。

　盗みを働くような子ではない——とは言えない。残念ながら、アビゲイルはジェーンのことをよく知らない。この街では、よい子では生きていけない。生きるために法にそむくこともあるだろう。魔が差すことも。イーストエンドでは誰でもやっていることだ。それに、彼女は解雇されたことで追いつめられていた。

「なにを盗んだというんです？　現金や宝石ではないんでしょう？」

「なぜわかる？」

「彼女、あなたのところを解雇されてしばらくして、ここに来たんです。お金がないと言っていました。簡易宿泊所に泊まるお金を稼がなくてはいけないと。金目のものを盗んだのならそんなことをする必要はありませんもの。その日暮らしのお金にすら困っている様子でしたわ」

　アビゲイルはカップを持ち上げ、目を細めた。

「それに、ここに調査に来たのが警察ではなくあなた自身だった。たとえば現金や宝石、銀食器などのたぐいが盗まれたのなら、いくら切り裂きジャック事件で人員不足とはいえ、まさか伯爵家からの訴えに、ひとりの警察官もよこさないということはないでしょうから。警察はたしかに呼んだのかもしれない。でも、大ごとにはしなかった。できなかったのかもしれないですわ」

「……」

　エドマンドは黙っている。

「でも、あなたはここにいる。二度もこうして足を運んでいる。フリートウッド家としては価値のないものだけれど、あなたにとっては替えのきかない大切なものをジェーンは盗んだ。違うかしら」

「ふん。いかにも賢ぶって得意そうに話すのだな」

「あら、わたくし賢いつもりよ。もとより聡《さと》かったけど、さらにたくさん本も読んだし、いろいろな方とお話ししましたわ。この仕事を始めてから学ぶことばかりですもの」

　アビゲイルが堂々としているので、エドマンドは嘆息《たんそく》した。

「聞きしに勝る変わり者だな、あなたは。営んでいるのは代筆屋ではなく探偵事務所だったか？」

「時にはそういったこともしますわ。客の依頼の内容に不審な点があればね。わたくしのこと、社交界で噂になっているのかしら」

「アビゲイル・オルコットは社交界にそっぽをむき、イーストエンドで浮浪者相手にいかがわしい商売をしている令嬢だと」

「まぁ。なにもかも間違いだらけ。ちょっと人と違った進路をとっただけでひどい言われようですわね。いやなところですわ、社交界って」

しかし、アビゲイルはとくだん構わないと思っていた。くだらない連中と無理に社交することなどない。そういった慣習に背を向けたのはアビゲイルの方なのだ。

「それで、わたくしの推理は当たっていたんですの？」

「……当たっているよ」

不承不承《ふしょうぶしょう》といった口調であった。

「素直にそうおっしゃればいいのに。図星で悔しいからってわたくしを貶《おと》めようとするなんて、恥ずかしい方」

「別にあなたを貶めてなどいない」

「不愉快な噂をわざわざ伝えたじゃありませんの」

「あなたが聞いたからだろう！」

「興奮しやすい性格ですのね。やめて、ソルベがびっくりしていますから」

ソルベは争いごとが好きではない。立ち上がり、おろおろし始めている。

困り顔のビーグル犬に毒気を抜かれたのか、エドマンドは声を小さくした。

「……悪かった。あなたの言うとおり、ジェーンが盗んだものは金品ではない。書類だ」

「書類？」

「フリートウッド家の使用人の名簿や、先日行った晩餐会《ばんさんかい》の招待客リスト、妹の発注したドレスの領収書、投資の記録、過去に土地の権利をめぐって弁護士とのやりとりを記した覚え書き。それから私的な手紙や、メモ。わかっている範囲ではこれだけだ。俺のビジネスに関する書類は、ナイツブリッジの別宅に置いていたので、無事だった」

なぜ書類を。しかも内容はてんでばらばらだ。

「父は、たいしたものが盗まれたわけではないから放っておけと言う。使用人の名簿やドレスの領収書なんて、何に使うつもりなんだか。明日の朝食にマーマレードと黒すぐりのジャムを出すよう指示をしたなんていう、いかにもどうでもよいメモすら消えていた。おおかた、小切手でも盗もうとして、見つからなかったから嫌がらせに盗《と》ったのだろう」

エドマンドは眉を寄せている。

「ジェーン・ブラウンは、たいへん素行不良な娘だった。ここで我が家のことをなんと言っていたかは知らないが、俺の視点から語るとこうだ。まずジェーンは仕事が雑か、仕事に来ないかのどちらかだ。毎朝ジェーンが持ち場についていたためしがないと、ハウスキーパーから報告を受けている。頼んだ洗濯物は生地《きじ》がいたんで使い物にならない。仕事中にジンを飲んで、それをカーペットにこぼし、ひどい臭《にお》いにした。しょっちゅう男に声をかけていた。給仕やら、出入りの商人やら、馬丁《ばてい》やら、毎度違う男だ。それから借金。同僚から金を借りて返さない。あちこちから苦情がよせられていた。極めつけは、ジェーンが妊娠しているようだと報告を受けてね」

「妊娠?」

「腹はそこまで目立っていなかったが、つわりがひどくて、同室のメイドが気づいたらしい。それが決定打だった。もう彼女をここには置けないので、解雇するようにと、従業員たちから多数の要望があった」

　まじめに主人に尽くしていたメイドなら、身重の身で放り出されるということはなかったかもしれない。多少の温情はかけてもらえただろう。しかしジェーンは新参者で、厄介の種だった。結局、だめにしたカーペットや洗濯物の金額がジェーンの給金をはるかに上回っていた。

「父は紹介状など書かなかった。どう紹介しろというんだ、彼女を。それに腹を立てたジェーンが、解雇されてからしばらくして、勝手知ったる様子でうちに忍び込み、屋敷中を荒らし回って、こつぜんと姿を消した」

「彼女がやったという証拠は？」

「ジェーンは、忘れ物をとりに来たという名目で、うちの屋敷に上がり込んだ。かつて使っていた部屋で、紙の束をトランクに入れているのを同室だったメイドが目撃している。ジェーンはひどく興奮していて、荷造りを手伝おうとしたらかみつかれそうになったと。そのメイドは、様子がおかしいと思ったものの、手出しができなかったそうだ」

「盗まれた書類はどう管理されていたの？」

「たいていが父の書斎と読書室にあった。重要な書類は鍵付きの引き出しに保管しているが、スペアキーは執事が管理していた。彼が外に出ているすきを見計らい、鍵を盗んだのだろう」

どうもひっかかる。エドマンドの言うように、解雇された腹いせなら盗むものはもっと他にあるはずだ。小切手や指輪とか、あるいは高級なワインやウィスキー。レースのハンカチだっていい。ジェーンにも価値のわかるものだ。文字の読めないジェーンが紙類ばかり盗んでいったのは腑に落ちない。

「俺は私的な書類を取り戻したい。ジェーンの行方を追ったが、彼女の恋人たちはみな知らないというし、ジェーンには家族もおらず、孤児だと聞いた。途方に暮れていたところ、ジェーンの使っていた部屋でカードを拾った」

いつかアビゲイルに見せた、オルコット商会の名刺である。

「父は、盗みをはたらくような使用人を雇い入れてしまったことを恥じて、もう忘れろと言うが……盗まれたものは、あなたが言ったように替えのきかないものなんだ」

「――わかりますわよ」

アビゲイルはつんとあごを上げた。

「記録は大切なもの。ことに、人の手で書かれたものは。ひと文字ひと文字に事実や感情が宿るのです。たとえそれが数字の羅列《られつ》でも、誰かがそらんじた詩をなぞるだけでも、書いてあること以上に感情が読み取れることもあるでしょう。そのとき、その一瞬の書き手は唯一無二のもの。同じ人間が同じものを書いても、まったく同じ仕上がりにはならない。芸術品と呼んでも差し支えないと思っていますわ」

彼女はうなずき、すみれ色の瞳を輝かせた。

「取り戻したいのね、その書類を。わずかな手がかりをたよりにわたくしをたずねてくるくらいには、真剣ということですわね？」

「……そうだ」

エドマンドは、かたくつらぬくような視線をアビゲイルに向けた。

それを受け止めながら、アビゲイルは思った。

これは悲しい事件だが、同時に大きなチャンスでもある。

「残念ですが、ジェーンからそれらの書類については何も聞いておりませんの。でも、協力いたします。あなたのことを切り裂きジャックの容疑者にしてしまったことに、責任を感じておりますしね」

ジェーンのかわりに、男に手紙を書いたのは誰なのか。

ジェーンはなぜ書類を盗み出したのか。その書類は今どこにあるのか。

きっとこの不可解な要素は、真犯人——切り裂きジャックへとつながっている。

（そして、もしこの世間をさわがす切り裂きジャックの正体を、わたくしが見事探り当ててしまったとしますわ）

代筆屋アビゲイル・オルコットが、その明晰《めいせき》な頭脳と冴《さ》えわたる推理でイーストエンドの魔物をとらえたならば、新聞はアビゲイルのことを熱心にとりあげるはずだ。

オルコット商会はいちやく有名になる。

そうすれば、両親も、おろかな社交界の連中も目を覚ますはずだ。アビゲイルは新しい時代のスターになる。浮浪者相手にいかがわしい商売をしているなんて言われなくなる。実家に戻されることもなく、優秀な秘書をやとって、キングス・クロスあたりに、もうひとつ事務所を持てるかもしれない。もしかしたら、女王陛下から勲章をたまわることだって夢じゃない。

ジェーンの敵《かたき》も討つことができるし、ロンドンに平和もおとずれる。

「ふふふふふふ……」

「……？」

アビゲイルは肩を揺らし、不気味に笑ってみせた。

「ええ。ぜひ大船に乗ったつもりでわたくしに任せて頂戴。わたくしが！　見事あなたの汚名をそそぎ、あなたの宝物を取り戻してみせますわ！」

「おい」

エドマンドは言い聞かせるような口調になった。

「俺は、書類を探しているだけだ。あなたには心当たりがないんだな？」

「ないですわ」

「わかった。あとはひとつふたつ質問に答えてもらえればそれで失礼する」

「なにをおっしゃいますか」

アビゲイルはエドマンドをにらみつけた。

「ジェーンが書類を盗み出したのはきっと意味がありますわ。あの子は利のない行動はけしてしないタイプですもの。きっとわけがあって、書類をとったに違いありません。もしかしたら、それが直接彼女の死に結びついたのかもしれないですわ」

アビゲイルは立ち上がり、狭苦しい事務所をこつこつと歩きまわった。

「ジェーンは関わってはいけない人物――切り裂きジャックと関わってしまった。この事件を追えば、あなたは目的のものを取り返せるし、わたくしは、ロンドン警視庁ですら手を焼いている切り裂きジャックをこの手でとらえ、ジェーンの無念を晴らすこともできる」

「俺はそこまで求めていない。ジェーンが盗んだものを取り返したいだけ……」

「結局ジェーンの痕跡を追うのなら、切り裂きジャックと関わることになりましてよ。それならば彼を捕まえなくてどうします？」

「正気なのか」

「その質問、よくされるのですけれど、いつだってわたくしは正気よ」

アビゲイルは胸を張った。

「調べましょう。ジェーンの足跡を。そして必ずや名誉国民になってみせますわ！」

彼女は意気込み、こぶしをにぎりしめる。

エドマンドは、そんな彼女に半ばあきれているようであった。ぬるくなった紅茶をすする彼は、知らなかった。

自身の新たなゴシップが、今この瞬間、すさまじい速さで広がっていようとは。

＊

アビゲイル・オルコット様

私たちの貴公子、エドマンド様をどうかお返しください。けしてあなたの毒牙《どくが》にかかってはいけない方です。アビゲイル様がどうやってエドマンド様とお知り合いになったかは存じ上げませんが、早急に彼と別れ、二度と会うことのないようにお約束ください。

土曜乙女会　会員一同より

アビゲイル・オルコット様

新聞の報道を拝見いたしました。あまりのことに私はめまいを起こしています。エドマンド様との婚約報道は、真実のことなのでしょうか。父に確認したところ、そのような事実はないと伝えられました。私は幼少期からエドマンド様をお慕《した》いしており、どこへ行くにもついてまいりました。ここだけの話ですが、彼とひと夏を過ごしたこともございます。親しくしている私からすれば、エドマンド様とあなたの間に接点があったとはとても思えないのです。どうか誤報であると、あなたの言葉で伝えていただけませんか。一途《いちず》な私をあわれに思い、ぶしつけなお手紙をどうかお許しください。

メアリー・オズボーン

アビゲイル・オルコット様

お噂はかねがね。あなたにお会いしたことはありませんが、ずっとあなたの数奇な運命を気の毒に思っておりました。今回の報道で、あなたを見直しました。あの難攻不落なエドマンド様をものにしたのですから（下品な言い方ですが、お許しください）あなたの恋《こい》文《ぶみ》はまぎれもなく本物ということです。聞けばお姉さまがたのご結婚も、あなたがお膳立てしたとか。アビゲイル様、あなたがお持ちなのは本物の才能でしょう。あなたもきっと苦労されているでしょう。真に優れたものは、さまざまな感情が寄せられるものですから。私がこんな気持ちを抱いたのは、姉にナショナル・ギャラリーへ連れていっていただいたとき以来よ。私が好む絵を、姉はさんざんにけなしたの。でも、私は本物の才能を見極める目を持っているつもりです。ところで、私にも意中の男性がいるのです。恋文一通につき、いかほどで代筆いただけるのかしら。お返事をお待ちしております。

ルビー・パーシー

「すごい反響だわ」

オルコット商会には、読みきれないほどの手紙が届いていた。抗議が半分、そして仕事の依頼が半分である。

これほどまでにオルコット商会が世間の注目を集めたことはない。

（エドマンド・フリートウッド。クルー社のお姉さまがたの言うとおり、とんだ有名人でしたのね）

先日のエドマンドとの言い争いを、クルー社の家政婦たちは仕事先でぺらぺらと言いふらした。

さらに、切り裂きジャック事件を追いかけていた記者たちは次なるネタをもとめて、エドマンドのことをいまだに追いかけまわしていた。

年頃の娘を持つ貴族の家々から悲鳴のように漏れ聞こえてくる令嬢たちの嘆きの声を小耳にはさんだ記者連中が、このネタにとびついた結果、翌日の紙面に躍《おど》った記事の見出しはこうだった。

【切り裂きジャック疑惑の次は突然の婚約！　フリートウッド家の嫡男にして、やり手経営者エドマンド・フリートウッド、一風変わった美女にめちゃくちゃにされる――】

＊

ドアノッカーが優しく鳴らされた。

犬たちは顔をあげ、用心深く立ち上がった。

「こんにちは、アビゲイル。私です」

よく知った声に、アビゲイルはほっとする。

「まぁ、リティク。さっそく紅茶を届けに来てくださったのですね」

リティクはアビゲイルの上得意客である。浅黒い肌、黒瑪瑙《くろめのう》のような魅惑《みわく》的な瞳。襟元と袖に金糸《きんし》で刺繍をぬいとった、光沢《こうたく》のある青のシャルワニに袖を通している。流暢《りゅうちょう》に英語を話すが、まだ書き物は得意でないようで、たびたびアビゲイルに添削《てんさく》を頼みに来る。

「どうぞおかけになって」

シャーベットとソルベは、じっとリティクを見ている。そのうちソルベがわおんと吠えたので、アビゲイルは「こら」ととがった声をあげた。

「どうしたのかしら。いつもおとなしいのに」

「行きがけにお香を焚《た》いてきたんです。きっとそれでしょう。この犬たちは鼻がいいですからね」

リティクは気分を害した様子もなく、さわやかな笑みを浮かべた。

客用のソファに彼をうながし、アビゲイルは紅茶を淹れはじめる。

オレンジの皮入りのお気に入りの茶葉が、底をつきかけていたのだ。

「この間いただいた茶葉もすごく美味《おい》しくて、評判なんですのよ。あなたの商品は混ぜ物がなくて、お客さまにも安心してお出しできますわ」

「お役に立てて光栄です。アビゲイルさんは私の恩人ですから、おっしゃってくだされば僕はどんなことでもしますよ」

「恩人だなんて、大げさですわ」

よそからの移民が商売をするには、よくよく気をつけなくてはいけない。彼の契約書類を確認したところ、不利な取引となっていたので、指摘をしただけだ。以来、リティクはこの商会に通いつめてくれるようになった。

正直なところ、リティクはかなり報酬をはずんでくれる。アビゲイルが家賃を払えているのも、定期的にリティクが仕事をもってきてくれるからだ。ビジネスの書類はもちろんのこと、個人的な手紙のやりとりまで。彼と同郷の人々は、文書のことでわからないことがあれば、まずアビゲイルを頼りにした。

「わたくしも、リティクさんがいらしてくれて本当に助かっておりますのよ。あなたの紹介でお客さまも増えましたし」

「いいえ。それがかえってアビゲイルさんの負担になっていないかと、心配しているのです。私のように、現金で報酬を払える者ばかりではないでしょう」

「みなさん礼儀正しいかたばかりですわよ。それに報酬にもらっためずらしいスパイスは、パンやバターに交換できましたわ」

リティクは困ったようにまなじりを下げた。

「現金がないと、困るでしょう。アビゲイルさんのやさしさに甘えないよう、仲間にはしっかり言っておきます」

「気にしないでくださいまし。それにもしかしたら、これから仕事が増えるかもしれないですもの」

「──それは、こちらの報道と関係が？」

紅茶の缶と共にリティクが取り出したのは、一ペニーで購入できるゴシップ紙だ。

【切り裂きジャック疑惑の次は突然の婚約！　フリートウッド家の嫡男にして、経営者エドマンド・フリートウッド、一風変わった美女にめちゃくちゃにされる──】

「まぁ、リティクさんもこんな新聞を読まれるのですね」

「商売をしているならば、どんな情報でも耳に入れておく必要があります」

「騒がしい世の中ですものね」

「私は、たしかめに来たんです。アビゲイルさん。この報道が事実なのかどうかを」

リティクはいやに真剣である。

「婚約なさるんですか」

「えっと……リティク、それには事情がありまして……」

「ぜひ、その事情を伺《うかが》いたいものです。お相手のエドマンド氏は、相当な資産家であると聞いています。もし彼と結婚なされるなら、あなたがここで商売をする必要もなくなる。

私や、インドからやってきた仲間たちは、あなたという頼れる味方を失うかもしれないのです」

アビゲイルの提供した紅茶の香りを楽しみ、リティクは続けた。

「自分のことばかりで、申し訳ありません。本当ならめでたい話であるというのに。私たち移民は、イングランドでは生きづらい思いをしています。仕事を求めてロンドンに来ても、だまされて無給同然で働かされている者も多い。それでもただ働きならまだましな方です、実は――」

ドアノッカーが苛立《いらだ》たしげに鳴らされた。犬たちが無反応であることを見るに、知っている人物なのだろう。アビゲイルが「どうぞ」と言う間もないまま、血相を変えたエドマンドが現れた。

「おい!!　これはどういうことだ！」

エドマンドは、自身のゴシップ記事が掲載された新聞を握りしめている。

それをみとめたリティクは立ち上がる。蓮《はす》の花の匂いがふわりとあたりに広がった。

「失礼。まさか噂の彼とここで鉢合わせすることになるとは。たしかめるまでもなかったのですね、アビゲイルさん」

「リティク、あの、この記事はですね」

「また今度にしましょう。次回は幸運な彼にもなにかお祝いの品をお持ちします。お望みのものをなんなりとご用命ください」

リティクは穏やかにほほえんだ。

エドマンドが不機嫌そうに顔をしかめるのにも構わず、一礼する。

「婚約おめでとうございます」

「いや、あの、これはだな」

リティクは目を細めて、エドマンドを見つめた。

「あなたがうらやましいですよ、エドマンド・フリートウッドさん。アビゲイルさんは心の美しい方ですから。また改めてご挨拶《あいさつ》を」

意味ありげな視線を向けて、リティクはマントをひるがえした。犬たちはおろおろとふたりの男の間を行ったり来たりしていたが、はじめの客人であるリティクが帰ってしまうと、二匹ともエドマンドのそばに落ち着いた。

「客人がいるならそうと分かるようにしてくれ、もう少し静かに入ってきた」

「まあ」

ゴシップ紙はエドマンドに握りしめられたせいでくしゃくしゃになり、紙面に載った彼の美しい顔がしわだらけになった。

「大変ですわ、写真のあなたのお顔がひどいことに。二十五歳くらい老《ふ》けましてよ」

「そんなことはどうでもいい」

本物のエドマンドも髪が乱れて、グレーがかった光沢のあるクラヴァットは、心なしかゆがんでいる。

「わたくし、ちょうどあなたのことを考えていましたの、エドマンド。あなたのすさまじいほどの影響力についてですわ」

噂をすれば影というか、彼との噂はそこら中にとびかっていて、収拾のつけようがなくなっている。

「俺のこと――……そうだ。なぜ俺とあなたが婚約したことになっているんだ！」

「なぜなのでしょう」

おそらく、尾ひれがついた結果であろう。「アビゲイルにめちゃくちゃにされたエドマンド」という話が人伝《ひとづて》に広まるにつれ、婚約という報道につながったのであろう。

エドマンドから新聞をとりあげ、アビゲイルは両手いっぱいに記事を広げた。先ほどまで彼女が読んでいたものと同じだ。ほぼゴシップ記事ばかりの低俗な三流紙だが、意外と世間の注目を集めているらしい。

一風変わった美女にめちゃくちゃにされる――。

アビゲイルは該当《がいとう》の箇所を指でなぞった。

「美女なんて、いやあね。いつのまにわたくしの写真が隠し撮りされていたのかしら。声をかけてくだされればシャーベットとソルベも一緒に撮ってもらいましたのに」

「犬なんてどうでもいいだろう」

　エドマンドはかすれきった声をあげている。もしかしたら、家や移動中の馬車でさんざん叫んできたのかもしれない。

「こちらの反響もすさまじいですわよ」

　アビゲイルは手紙を手に取り、読み上げてやった。

「あなたって、人気者ですのねぇ。この、ひと夏を過ごしたメアリーってどなたなの。それにこちらのキャサリンはたいそうお怒りでわたくしを泥棒猫呼ばわりですわよ。貴重な文例がたくさん収集できましたわ、あなたのおかげで。わたくしちょっぴり興奮しているくらいですのよ」

「興奮するな。俺は倒れそうだ。そのような手紙を書く人物と、付き合いなどない」

　エドマンドは目をつり上げてる。

「俺は忙しいんだ。父が道楽で金を使い込むから、その尻拭《しりぬぐ》いをしなくてはいけない。女性とひと夏を過ごす暇《ひま》があったら、仕事の打ち合わせに出ている」

　エドマンドの父は目が飛び出るほど高額な名画を買い込んで、お披露目のパーティーをひらいたり、山奥のカントリー・ハウスをぽんと買ったり、つい先日は値が張るうえに維持費もかかる四頭立ての馬車を購入したそうだ。

「とにかく、父の浪費癖《へき》が落ち着くまでは、これ以上家計を圧迫する人間を抱え込むことはできない。女性とのんびり付き合ってなんかいられるか」

「では、この方たちは？」

「知らない。ほとんどが妄想だろう。名前も聞いたことのない連中ばかりだ」

エドマンドは手紙の束に目をやり、あらたまったように言った。

「俺から新聞社に手紙を書こう。訂正記事を載せてもらわなくては」

「あら、どうして？　あなた、お付き合いをしている女性はいないのでしょう？　あ、王女と婚約しているという話は本当だったのでしょうか」

「どうしてって……真実じゃないからだよ。あなたも困るだろう、こんな名誉を傷つけられるような。あと王女って誰だ。どこの国の王女だ」

名誉を傷つけられる？　とんでもない！

婚約が報じられてからというもの、代筆の依頼が受けきれないほど届いているのだ。まさにエドマンド特需《とくじゅ》。しばらく恋文を代筆していれば、支払いに頭を悩ませることもない。

貴族たちから提示された一通あたりの報酬はどれもこれも高額である。

アビゲイルの代筆屋としての格は、間違いなく上がっている。

なかには、アビゲイルが身分を問わず仕事を受けることを、社会的弱者への献身だとして美談仕立てにして書く新聞もある。「イーストエンドには切り裂きジャックという悪魔もいるが、アビゲイル・オルコットという天使も存在する――」この新聞の書き出しなんて、なかなかだ。

なにより、父のオルコット伯爵は今回の報道をいたく喜んだ。彼はでかしたと思っている。アビゲイルがその才覚で、みごと貴公子をいとめたと信じて疑っていないのだ。エドマンドとの報道が過熱すればするほど、父の口出しは減る。いずれ家にエドマンドを連れてくるようにという催促の手紙は届くはずだが、少なくとも、時間稼ぎにはなる。

「わたくしはいっこうに構いませんわ」

「はぁ!?」

「唯一心配していたのが、あなたが本当に王女と婚約していた場合です。国際問題に発展するならば訂正記事の掲載もやむなしでしたわ。でもそうでないのでしょう?」

「それは、そうだが」

「もとより結婚するつもりもなかったですし、あなたと同じく特定の相手がいるわけでもないですもの。不名誉なこととも思いません。これから切り裂きジャックを追うのに、色々と外出する必要がございます。男女ふたりで動くなら、婚約していることにした方が、どこでも出入りしやすいというものですわ。この報道をいっそ利用しましょう」

「しかしだな」

「しかしもお菓子もございませんわ。犯人さえ捕まえて、あなたの書類を取り返すころには、人は噂なんて忘れていますわよ。かえって過剰《かじょう》に反応する方が火に油というものです。

放っておくのがよろしいのですわ」

　アビゲイルははっとした。

「まさか、あなたのご両親がお怒りですとか？」

「いや……とくに父は変わり者で、むしろ今回の報道をおもしろがるような人だし、母も別に怒らないとは思うが……なにせふたりともスコットランドにいるものだから、すぐに連絡はとれない」

「それは好都合ですわ」

　エドマンド特需を少しでも長引かせ、人々の記憶に残っているうちに切り裂きジャックを捕まえる。そうすればアビゲイルは時の人だ。もう押し上げられるほかない。有能な秘書を幾人もひきつれ、立派なオフィスを闊歩《かつぽ》する自身の姿が見えるようだ。

「正気なのか」

「その質問、よくされると言ったはずです、あいにくいつだってわたくしは正気よ。せっかくですから共に行きますわよエドマンド。聞き込み開始です！　シャーベット、ソルベ、あなたがたはお隣でお留守番ですわね。ついていらっしゃい」

「ちょっと待ってくれ俺は――」

　黒いボンネットをかぶり、ハンドバッグを手にしたアビゲイルは、まるで聞いていなかった。

あれよあれよというまに犬たちのリードをエドマンドに持たせると、事務所に鍵をかける。

毎度おなじみの野次馬と化した家政婦たちは、やはり扉から出てきて、ふたりを取り囲んだ。おばさんたちの手には、エドマンドが握りしめてきたものと同じ、一ペニーで購入できる新聞が握られている。

「あら、さっそくふたりでお出かけかい」

「お熱いねえ」

「あんた、いつのまにか王女と別れたんだね」

「しかしいい男だねあんた」

「新聞見たよ！　アビゲイル、きれいな写真だったわね。隠し撮りでも美人なんだから、たいしたもんだわ」

「ありがとう、お姉さまがた」

トーマス・クルーはエドマンドの顔の前に胸板を押し出すようにして、ずいと立った。

「アビゲイルのひとり歩きが心配だったんです。あなたのようなきちんとした紳士が一緒になってくれて、俺は本当の父親のようにうれしい」

犬たちのリードを手渡されたトーマスは、そのままエドマンドの肩をがしりとつかんだ。

「いや、あの」

「イーストエンドは物騒な町だ。くれぐれもアビゲイルを頼みます」

「大げさね、トーマスったら」

家政婦たちにもみくちゃにされるエドマンドを置いて、アビゲイルがドレスをひるがえし歩きだす。エドマンドは前のめりになりながら、彼女を追いかけた。

第二章　令嬢VS容疑者たち

フリートウッド家の邸宅は、チェルシーに建つ立派な屋敷であった。まわりも手入れされたフロント・ガーデンを持つ家ばかりだ。浮浪者もおらず、酔っぱらいもいない。身分のある人々が住んでいるので、警備もゆきとどいているのだろう。

まずは、窃盗のあった現場を見たい——そう言ったアビゲイルを連れて、エドマンドはタウンハウスに帰った。彼は基本的にナイツブリッジにある別宅を拠点《きょてん》にしているようだが、こちらの屋敷も週に一度は顔を出すようにしているようだ。

タウンハウスと聞いて、アビゲイルは二階建てのアパートのようなものを想像していたが、まったく違っていた。鳥撃ちができるほどの広大さはなくとも、このあたりでも抜きんでるほどの敷地を持つ、かなりの豪邸であった。

エドマンド本人からも聞いていたが、フリートウッド伯爵はとんだ浪費家のようである。

「お帰りなさいませ、エドマンド様」

迎えの使用人たちが、はっとしたような顔でアビゲイルを見てから、あわてて視線を落とした。

ゴシップは当然、フリートウッド家の全員が知るところなのだろう。

「あの、ジェイムズ。彼女は」

「なにもおっしゃらずとも構いません、エドマンド様。謹《つつし》んでご案内させていただきます」

「この訪問のこと、父には」

「私からは何も」

　エドマンドの両親と妹は、今はスコットランドのカントリー・ハウスにいる。ロンドンで過ごすシーズンも終わったので、彼らはそうそうに過ごしやすい田舎《いなか》に引き上げてしまったそうだ。

　仕事の用事を片付けねばならないエドマンドだけが、ロンドンに居残っているらしい。

「ご両親からは、まだなにも連絡がないのでしたわね？　わたくし、いずれあなたのご両親に謝罪する必要はあるのかしら」

　ジェイムズは岩のように押し黙っている。寡黙《かもく》で忠実で、余計なことは口に出さない、昔ながらの使用人だ。警察官のくせにいつも口をすべらせてばかりのニコラスのような人間とは、真逆の男である。

「おそらく、ない。……たぶん。落ち着くまでは、あなたとは会わせないようにする」

　彼の両親と顔を合わせれば、事情を話すことは避けては通れないと思っていたので、アビゲイルはほっとした。

　タウンハウスの中は、予想通り、手入れが行き届いていた。大理石の床は反射するほど磨き上げられている。柱は白く塗られ、蔓《つる》がまいたような見事な文様が彫られている。

　天使が彫刻された金の額縁《がくぶち》には埃《ほこり》ひとつなく、中国から輸入したらしい壺や皿が硝子《ガラス》ケースにおさめられていたが、不思議と調和している。壁紙の色が、皿に描かれた鳥の羽根と揃《そろ》いの淡いグリーンに統一されているからだろう。

「父が、わざわざ壁を塗り替えさせたんだ。あの皿を置くためにな」

うんざりしたようにエドマンドが言った。

美術品だらけのこの家で、万事大雑把《おおざっぱ》なジェーンが鼻つまみものになっていたのは容易に想像できた。あちこちにぶつかったり、なにかを壊したりしそうである。それに、目のつくところにお酒が置いてあるのも気になる。金彩で野の花が描かれたデキャンタにたっぷりと注がれている琥珀《こはく》色のウィスキーは、ジェーンにとっては誘惑そのものだったであろう。

「このお酒も、ジェーンは盗《と》っていかなかったのね……」

「そのようだな」

行きがけの駄賃がわりに失敬してやろうとしても、玄関からほど近いこの広間で盗みをはたらくのは人目につきすぎる。

「エドマンド。書斎を見せていただけるかしら。それから、ジェーンと親しかった同僚を呼んでいただける？　いくつか質問をしてみましょう」

書斎はすでに片付けられており、ジェーンの荒らし回った痕跡は残っていなかった。

つやのある書き物机が奥にどしりと構えている。天井まで届く本棚には法律書や貴族名鑑、戯曲《ぎきょく》にいたるまで、さまざまなジャンルの書物が収まっていた。中央には暖炉、それを囲うように群青色《ぐんじょう》の布を張ったソファとテーブル、一輪挿《いちりんざ》しの花はみずみずしい。よく整頓されていて、無駄がない。

アビゲイルがひととおり調べ終えるころ、呼び出されたメイドがやってきた。

ソフィアというメイドは、警戒した表情だった。年の頃は二十代半ばで、他のメイドと同じく、黒いドレスに白いエプロンを身につけている。キャップの下にはきれいに結った黒髪。爪もきれいに切りそろえられていた。目も鼻も小づくりで、取り立てて目立つところもなかったが、それがかえって制服を似合わせていた。

「お呼びでしょうか、エドマンド様」

「ああ。彼女に少し話をしてやってくれないか。ジェーン・ブラウンのことだ」

ソフィアの顔がゆがんだ。

思い出したくもないのに――と言いたげな表情である。

「警察にもさんざん彼女のことを聞かれたのよね？　ごめんなさい」

アビゲイルが声をかけると、「いえ、申し訳ありません」とソフィアは素直に謝罪した。

「失礼いたしました。私、結構正直に顔に出てしまうんです。バイオレットさんには、みっともないっていつも注意されてしまうんですけれど。それに、あんな事件があったから、気持ちが鬱屈《うっくつ》として、しょっちゅう頭痛がしてて。夜中になると、心臓がどきどきして、落ち着かなくて。えっと、ジェーンのことですよね。なにからお話しすれば……」

「余計なことは話さなくてもいい。質問に答えてくれ」

「大丈夫ですわ、エドマンド。ソフィア、お伺《うかが》いしたいことがありますの。ジェーン・ブラウンと親しくなったきっかけを教えてくださるかしら」

要領を得ないソフィアに、エドマンドはいらいらとしていたようだが、アビゲイルは優しくその先をうながした。ソフィアは目を伏せて、ぼそぼそとしゃべりだした。

「ジェーンは同室でしたから、たしかに一番親しかったということになるかもしれません。でも、ジェーンはいつも肝心なことははぐらかして、自身についてはあまりしゃべったりしませんでした。だから彼女のことはよくわからないんです。あんなことがあってから、新聞で離婚歴があったことを知ったくらい。彼女はいつもお金がなかったけれど、たまに気前のいいときもありました。たばこや、ちょっとしたお菓子をくれたり」

「ジェーンがここに来た経緯《けいい》は？」

「新聞の求人広告を見たようです。お屋敷仕事は未経験で紹介状を持っていなかったみたいですけど、みんなが嫌がる暖炉そうじを喜んでしますと言ったので、奥さまが採用を決めたようでした。バイオレットさんは、お化粧が派手だと反対していたみたいですが、結局は奥さまには逆らえませんから」

エドマンドが付け加えた。

「ジェーンに金を貸していたようだな」

「はい。はじめは、少額でした。半ペニーから始まって、少しずつ金額が増えていきました。だいたい総額で一ポンド貸したままになっています。きっともう戻ってこないんでしょうけど。私にとっては大切なお金でした」

　ソフィアは目に涙をためている。

「ジェーンは何にお金を使うと言っていた？」

「具合が悪いけれど、病院に行けないとか、薬を買うお金がないとか、そういったことです。私、気の毒になって貸してしまいました。でも、ちょっとはおかしいって思っていたんですけど。具合が悪いというわりに、食事はよく食べて、パンのおかわりもしすぎるというので、バイオレットさんに怒られてましたから。あとでわかったことですが、似たようなことを言って、男性からもお金を借りていたようでした」

　ジェーンは、いったい何にお金を使ったのだろうか。アビゲイルのもとをたずねてきたときは、彼女はひと晩の宿代にも困るありさまとなっていた。

（ジェーンは妊娠していた。出産費用を貯めるつもりでいたのかしら。それともジンでも飲んで使ってしまったのでしょうか……）

　アビゲイルは、続きを話すようにソフィアにうながした。

「ジェーンは、両親がいなくてバーミンガムの孤児院で育ったと言っていました。私もバーミンガム出身なんです。彼女はちょっとした世間話も面白いし、思い切ったこともためらわなくて、なんとなく、一緒にいると楽しかった。バイオレットさんは、ジェーンのことを初日から怒っていて、すぐにでも彼女をクビにするように奥さまに進言していたようなんですが」

たびたび名前が出てくるバイオレットなる人物とは、この屋敷のハウスキーパーで、女性使用人をまとめる立場の者だという。不品行な使用人がいれば、彼女の口から女主人に報告することになるらしい。

「仕事が雑であったと聞いておりますが」

「それもそうですけど、やっぱり異性関係ですね。亡くなった人のことを悪く言いたくはないですが、奔放《ほんぽう》な面はありました。あの……あんな辞《や》め方をしましたし」

「妊娠していたこと？」

ソフィアは口ごもった。言葉にするのもおそろしい、といった具合だ。

「それに……あの……警察には言っていなかったのですが、初めてじゃないから大丈夫とも言っていました。当時はひどいつわりだったんですが、おなかが目立つぎりぎりまで、他の人には黙っていてほしいって」

エドマンドは深いため息をついた。

そうは言っても、身重の体でメイドの仕事は無理である。

「おなかに赤ちゃんがいるのにお医者様にもかかるつもりはないと言うので、私……何度ジェーンに催促しても貸したお金はかえってこなくて、ついに頭にきてバイオレットさんに言ってしまったんです。ジェーンは風邪をひいたみたいだって。バイオレットさんは、なにかに気がついたみたいで、有無《うむ》を言わさずあの子を医者のところに連れていきました。今思うと、確実に……その……妊娠しているという証拠がほしかったんだと思います。最後通牒《つうちょう》をつきつけるために」

　その後は、エドマンドから聞いていたのと同じことだった。解雇されたジェーンはふたたびこのタウンハウスにやってくる。お屋敷中を荒らし回って、トランクにたっぷり紙の束をつめこんだジェーン。ソフィアは彼女に声をかけた。

「それ何なの、と聞きました。私がトランクに手を伸ばしたら、あの子はかみつこうとしたんです。本当に驚きました。目も血走っていて、人じゃないみたいで……。あの子は私を突き飛ばして出ていきました」

　ソフィアはつっかえつっかえしながら、続けた。

「それから、ジェーンがお屋敷で泥棒をしたって聞いて……私あの子のこと、うらんでいたんです。私も共犯なんじゃないかって疑われたし、持ち物も全部バイオレットさんにあらためられて、奥さまからの信用も失いました。私、雷を落とそうとするバイオレットさんから何度もジェーンをかばってあげたのに。恩を仇《あだ》でかえされた気持ちになって……だからひどい目に遭《あ》ったらいいって、思ってたんです。そしたら本当にあんなことに」

新聞の報道は、ソフィアを打ちのめした。

ソフィアは額《ひたい》を押さえて、ふらついた。

「愚かな考えを持ちました。こんなに後味の悪い別れになるなんて、想像してなかったんです」

「もういいですわ、ありがとう。ゆっくり休まれて」

動揺したソフィアをなだめて、返してやると、アビゲイルはこつこつと書斎を歩きまわった。

「そうしたら、バイオレットさんを呼んでくださるかしら」

「もう来ています」

生真面目《きまじめ》な声がしたと同時に、女性が入ってきた。手にしたトレーには書斎のカーテンと同じブルーのティーセット。それからきゅうりを挟んだサンドイッチと、スコーンやパウンドケーキ。バイオレットは年若いメイドとそれらを運ぶ。

「初めまして。ハウスキーパーを務めております、バイオレット・ラングリーと申します。お茶の支度《したく》が遅れましてまことに申し訳ございません」

バイオレットの腰には、ずっしりとした鍵束がぶらさがっている。ソフィアのような制服ではなく、濃紺のドレスにエプロンという出《い》で立ちであった。頑健そうな肩幅と角ばった顔からは、貫禄《かんろく》がにじみでている。

「エドマンド様からお話があるとのことで、お伺《うかが》いいたしました」

「ヴァイオレット、かけてくれ」

「このままお話をお伺いいたします」

バイオレットは陶器のジャム入れをアビゲイルのそばに置き、一歩下がった。

自分の分《ぶん》をわきまえているし、けして譲らないといった面持《おももち》ちだ。

「先にソフィアと話をされたようですね。ぼうっとした子なので、粗相《そそう》がなければよかったのですが」

「いえ、まじめな子だと思いましたわ」

ソフィアは、ジェーンに抱いていた感情をできるだけ正確にアビゲイルに伝えている。

「最近の若い子は本当になっていませんね。百貨店のストッキングやフランスの香水、そんなものばかりに目を向けて。もう少し堅実に生きなくてはいけません。ジェーンは不埒《ふらち》が服を着て歩いているような子でしたわ」

アビゲイルの言葉を無視し、バイオレットはつらつらと不満を漏《も》らした。

「ジェーンのせいで、エドマンド様まで不名誉な取り調べを受けました。あの子に関しては、いつか不届きな行いをしでかすと思っていたんです。このお屋敷はすばらしいですが、そのぶん性根の卑《いや》しい者には誘惑が多いですから。解雇すればそれで終わると思いましたのに……それに殺されるなんて。おそろしい話です」

言葉とは裏腹に、バイオレットはちっともおそろしいと思っていなさそうだった。眉ひとつ動かしていない。

「ジェーンがなぜ書類を盗んだか、あなたに心当たりはありますの？」

「いいえ」

「彼女は妊娠していたのよね。おなかの子の父親を知っているかしら」

「知りたくもありませんでしたので、たずねませんでした。どうせわからないでしょう、職務時間中もしょっちゅう男の子といちゃついてましたからね」

「彼女は産むと言っていた？」

「はい。産むつもりだと本人も言ったので、それならばここには置いておけないと伝えたのです」

忌《い》ま忌《い》ましげにバイオレットは語った。そしてつんとあごを上げ、すました顔になった。

「まさか腹いせに屋敷に忍び込み、盗みまでするとは。私も信じがたい思いです。他に質問はございますか？」

「いいえ、結構。どうもありがとう」

バイオレットは、本人の言うとおり特になにも知らないのだろう。むしろなにも知らないことを主張するために、呼ばれる前にここに来たのだ。

ジェーンのしでかしたことは、監督する自分の落ち度になってしまう。バイオレットは、ジェーンに関しては雇い入れから解雇にいたるまで、すべて自身に過失はなかったとエドマンドに直接訴える機会だと思ったのだ。

バイオレットが去ってしまうと、アビゲイルはしばし考えた。

ジェーンがアビゲイルのもとをたずねたときは、フリートウッド家を解雇されてしばらくしてからのことだった。そのとき、彼女は別の職場を探していた。おなかは目立っていなかった。

（子どもはどうしたのかしら）

アビゲイルと会った時、ジェーンのおなかは相応に大きくなっている時期のはずである。ふくらんだドレスを着ていても、さすがに目立つはずだ。

お屋敷をやめてすぐ、気が変わって子どもをどうにかしてしまったのだろうか。

金を渡して秘密裏に処理をしてくれる病院は、イーストエンドならどこにでもある。ソフィアの話によれば、彼女は妊娠は初めてではないと言ったという。しかし、ジェーンにすでに子どもがいるとは聞いたことがない。以前も秘密裏に処理をしたか、あるいは産んだ後に里子に出したか。子どもを手放す方法はいろいろあるが、彼女はなにかしらの手立てを講じている。

「ジェーンには、はっきりと父親がわかっていたのかもしれないですわね」

アビゲイルはカップをかたむけ、紅茶に口をつけた。

「だから産むと言った。おなかの子の父親と暮らそうとしましたが、おそらくだめになった。そうしてわたくしのところに来たのだわ。——確認しますけれど」

アビゲイルは、エドマンドをじっと見つめた。

「あなたが手をつけたわけではございませんのね？」

「はっ!?」

エドマンドは紅茶をむせそうになっている。

「妊娠が発覚した。あなたに詰め寄った。あなたはしらばっくれた。腹いせに屋敷を荒らし、出ていった。つじつまの合う筋書きになると思いましたもので」

「なにを失礼な。そんなわけがないだろう。だいたい、もしそうだったとして——そんなことは万にひとつも起こらないが——わざわざ君をたずねて、あげく切り裂きジャックの正体を追うはめになるとか、七面倒なことに巻き込まれようとすると思うか」

「きっと警視庁でも同じ質問をされたのではなくて？」

ロンドン警視庁が、彼女の妊娠に気がつかないわけがない。遺体は解剖して調べているはずだ。喧嘩別れしたという元雇い主との関係性を疑うのも当然である。

「されたよ。不愉快な質問を二度もしてくれるな」

「あくまで疑いを晴らすためですわ」

「なにがあくまで、だ」

彼は大げさにため息をついた。

ジェーンのおなかの子の父親がエドマンドなら、ジェーンはアビゲイルにそう言うだろう。手切れ金をもらうために手紙を書かせるかもしれない。産んで、無理矢理にでもエドマンドに認知させて、アパートのひとつでももらい受けるまでは、けしてあきらめないはずである。イーストエンドで生きる女は強い。転んでもただではけして起き上がらない。

「念のためにお伺いしただけです」

アビゲイルはサンドイッチをたいらげ、じわりとブランデーのにじむ、干し葡萄《ぶどう》入りのパウンドケーキも胃の中におさめた。

「お屋敷の使用人たちの中で、なにかジェーンのことで思い出したという人がいたなら、話を聞いておいてくださいまし。今日はもう遅いですから、明日も迎えに来てくださいませんか。次の方のもとにまいりましょう」

「……わかった」

ドレスのポケットからメモを取り出し、携帯用のペンで今日のできごとを書き付けると、アビゲイルは立ち上がった。

＊

監獄は湿り気《け》を帯びていた。天井から雨がしみだし、床は濡れてすべりやすくなっている。大きな蜘蛛《くも》がかさかさと壁を這《は》っていた。

アビゲイルはカンテラを持ち上げた。彼女の背後には、引きつった顔つきのニコラスと、彼を見下ろすように圧をかけているエドマンドがいる。エドマンドは、ブーツのつま先が濡れるのがお気に召さないようで、水滴を払うようにして歩いている。その泥水が飛んで、ニコラスのズボンの裾《すそ》にしみを作っていた。

「アビゲイルさん、ほんの少しだけですよ。こんなこと、ばれたらまずいんですから」

「人を誤認逮捕するのはまずくないのか、ニコラス・クルック巡査」

エドマンドはいたぶるように言葉にした。

「ニコラス・クルック。出身はロンドン、バタシー地区。父親は庭師、母親はコック。七人兄弟の三男。警察官になってからは、逮捕した人数はたったの三名。どれも喧嘩やしけた酔っ払い。パトロールの時間が異様に長く、たずねる家の先々で食べ物をねだってまわっている。ずいぶん優秀な仕事ぶりなようだ」

「ひい、やめてください、勘弁してくださいよ」

「犯罪捜査部所属と言っていたな。俺の調べたところ、過去にさかのぼってもそのような記録はないが」

ニコラスのことを徹底的に調べたらしい。誤認逮捕はエドマンドのプライドを傷つけ、ビジネスにも影響をおよぼした。恨みつらみでニコラスのどうでもいいプロフィールを掘じくりかえしている。

「あなたの上司が話の分かる人でよかったよ、巡査。こうして容疑者と面会する機会を作ってくれるんだから」

「それは、それは本当に申し訳なかったですけど……そこまで僕のことを調べなくたっていいじゃないですか。エドマンドさん、よっぽど僕が好きだな」

「好きなわけあるか。そのくだらん口を閉じろ」

「ちょ、冗談じゃないですか。蹴らないでくださいよ」

「それにしても、不潔な場所だ。お前のおかげで、俺は危うくここに入れられるところだったんだぞ」

エドマンドは、警察署で取り調べを受けるだけで、釈放されている。彼のアリバイを証明するものが続々と現れたのは幸運であった。

「おふたかた、うるさいですわよ。こちらのみなさんがびっくりしておいでじゃないですの。申し訳ございません、みなさま。お休みのところ大変失礼いたしましたわ」

収監された男たちが、うっとうしそうに三人をねめつける。

痩《や》せた老人がアビゲイルたちをことさらよく見ていたので、彼女はほほえんでおいた。

ニコラスは、エドマンドの言葉に耐えながら、泣きそうな声をあげる。

「とにかく、アビゲイルさんもエドマンドさんも、ここに来たことは秘密ですよ！　本当に秘密のできごとなんですよ！　わかっていますかおふたかた」

「もちろん、わたくしたちのだけの秘密ですわ。協力してくださってありがとうございます、ニコラス」

「そ、それはアビゲイルさんのお願いですから、もちろん」

「俺への詫びだろう」

「それもちょっとは兼ねていますけど」

「ちょっととは何だ。大部分がそれだろう。お前がやったのは勘違いじゃすまな――」

「おふたかた、本当にお静かにしてくださいませ。ねずみも驚いていますわよ」

アビゲイルは、いつもの黒いドレスの中でも、もっとも着古して、痛みきった生地《きじ》のものを選んできた。この姿を見たときエドマンドはなにかを言いたげにしたが、虫の這う床を見ていれば、捨てるに惜しくないものを選ぶのは当然であると思う。エドマンドのようにぴかぴかのブーツと、ひとたび汚れたらシミの目立ちそうな薄いグレーのフロックコートを着ていては大変だ。

「ここです。アビゲイルさん、きっかり十分ですからね」

「どうもありがとう」

　事件について調べるなら、もちろん遺体の第一発見者と会う必要がある。しかし収監されているマシュー・ヘイルは未《いま》だに釈放されていない。今のところいちばん有力な被疑者は彼なのだが、証拠不十分のまま、何日もここに留め置かれている。

　アビゲイルのような一般人がマシューとの面会が許されたのは、ひとえにエドマンドの誤認逮捕のおかげである。あれがスキャンダルとなった後、捜査本部は政府からそうとうなお小言をくらったようで、エドマンドに頭が上がらなくなっていた。エドマンドの父親は英国陸軍の重要ポストについているエリートであり、この不手際《ふてぎわ》が女王の耳にも入ったのだという。

　彼らの落ち度をついて、無理を通した。

　家族が面会に来た体《てい》を装《よそお》って、マシューと会わせてもらえることになったのである。

　色あせた毛布にくるまった男が、カンテラの明かりをまぶしそうに見つめている。

「……誰ですか」

「失礼。わたくし、オルコット商会のアビゲイル・オルコットと申します」

「オルコット商会？」

「代筆屋ですわ。ジェーン・ブラウンさんのご依頼で、あなたに幾度か手紙を書きました」

カンテラの明かりで浮かび上がったマシューはおびえた顔つきである。体に脂肪がつきはじめ、頭髪も薄くなりかけた男だが、しわは少なく、若かった。まだ二十代の前半だろう。

マシュー・ヘイルはリバプールの弁護士事務所で事務員をしている。いずれは弁護士になり、事務所を受け継ぐ予定だったそうだ。ごく普通の中産階級の一員だった。この事件に巻き込まれるまでは。

「代筆屋……そうか、ジェーンは本当は字が書けなかったのか……あなたがたはロンドン警視庁の方ではないんですよね？」

「さようですわ」

「お願いです。僕、出たいんです。こんなところ、一日だっていられない。眠っている間に服も肌もあちこちねずみにかじられるし、そこら中臭《くさ》いし汚いし、薄い麦粥《むぎがゆ》には虫が浮いてます。取り調べで何度も同じことを聞かれる。もうおかしくなりそうだ。僕は切り裂きジャックなんかじゃない」

アビゲイルとエドマンドは顔を見合わせた。

「落ち着いてくださいませ。わたくしたち、警察とは違う観点から……といいましょうか、ジェーンのしでかした事件を調べているのです」

「違う観点？」

「ジェーンが、以前勤めていたお屋敷で盗みをはたらいたと報告を受けておりますの。あなた、なにか彼女から聞いていませんか？」

マシューは首を横に振った。

「以前勤めていた？　彼女は退職したのか？」

「そういうことになる」

エドマンドが彼の質問に答えたが、マシューはくちびるを震わせるだけだ。

「お仕事を辞めたことは、彼女の口からは聞かされていなかったのですわね？」

「はい」

「時間がない。手短に説明するので、こちらの質問に答えてくれ」

エドマンドは先を急ぎはじめた。よほどこの場所にいたくないようである。

「ジェーンから手紙を受け取っているな。いつ届いた？」

「彼女が亡くなる前日です。久しぶりの便りでした。あれはあなたが書いたものですか？」

「いいえ。わたくしが代筆をしたのは、夏頃にあなたをお芝居に誘ったお手紙と、それよりも少し前に出した季節の挨拶《あいさつ》ですわ。そのときにジェーンはあなたに服やこまごまとした雑貨をねだったと思います」

「おぼえています。生活用品やストッキングを買ってやりました。僕はたびたびジェーンに言っていたんです。もっと広いアパートに引っ越せるほど稼ぐようになる、そうしたら一緒に住もうと。ジェーンに、あの仕事から足を洗ってほしかったんです。経済力があるところを見せなければ彼女はうなずかないと思ったのですから」

ジェーンは美しかった。彼がのぼせあがるのも無理はない。よそゆきの言葉を喋《しゃべ》らせて、それなりの装いをさせれば、女優の卵のように見える。ひき連れていれば鼻が高いだろう。彼女と一緒になると言えば、おそらく親が反対するだろうし、さらにジェーンが以前結婚していたことも、この調子では知らなかったのだろうが。

「彼女と疎遠《そえん》になったきっかけは？」

エドマンドは詰問する口調であった。

「実は僕、彼女と派手に喧嘩しちゃったんです。その様子を目撃していた人がたくさんいて……ずいぶん警察にも疑われました」

「喧嘩の内容をお伺いしても？」

「そもそも、彼女が娼婦をしていたのは、ほんの一時のことなんです。彼女がそう言っていました。病気のお母さんを助けるためで、薬代がたまったらすぐに足を洗うつもりだって。僕は両親に用立ててもらっていた生活費のほとんどを、彼女に渡しました」

彼女の母はとうの昔に亡くなっている。うまいこと言って、マシューから金をしぼりあげたのだろう。

「お母さんの問題はとっくに解決したと思っていました。それなのに、彼女がまだイーストエンドの路地裏に立っているところを見つけてしまったんです。僕は後日、彼女を呼び出しました。当然でしょう。僕がどれだけ、彼女の行いにがっかりさせられたかを伝えて、目を覚まさせてやらなくてはと。僕と結婚するつもりがあるならやめてくれと言ったんです」

「ジェーンはなんと？」

「ジェーンは、結婚するつもりなんてないと言った。彼女のような生業《なりわい》の女が救われるには、僕みたいな堅実な男が結婚してやるほかないでしょう。言って聞かせれば聞かせるほど、ジェーンはかたくなになりました。それでつい大声になって」

そんな言い方をすれば、ジェーンが激高するに決まっているのに、マシューは分かっていないようである。

だいたい、ジェーンと結婚するつもりで交際していたとしたなら、マシューはなぜ娼婦の立ち並ぶ通りを歩いていたのか。彼女の生業を否定していながら、自身は客であることをやめようとはしないのか。

しかしアビゲイルは口を差し挟まなかった。

「ジェーンはどんな様子でしたの？」

「ひどい怒りようでしたよ。あたりのものをぜんぶぶちまけて。そして、僕に手紙をよこせと言ったんです」

「手紙？」

「彼女が僕に送った手紙です。あなたが代筆した手紙ということになるのかな。あんなものが存在しているだけでもおぞましいから、送った手紙を返してほしいと。僕は拒否しましたが、彼女が大声を出すもので――ご近所の手前もありますし――渡さざるをえませんでした」

「彼女は手紙をやぶいたりした？　または、暖炉にほうり込んだり」

「いえ、ポケットにつっこんで、帰っていきました」

アビゲイルはあごに手を当てて、首をかたむけた。

「僕はジェーンと仲直りするために、機会を窺《うかが》っていました。そうこうするうちに、彼女から手紙が。彼女も反省して、僕とよりを戻す気になったんだと思いました」

「呼び出しに応じたんだな？」

エドマンドの言葉に、マシューはうなずいた。

「ひと目を忍んで話したいと書いてありましたが、指定してきた場所は妙だと思いました。背の高いアパートとパブの間の細道を入って、ぽかんとひらけた空き地だったんです。行き止まりの、小さな広場でした。昔は子どもたちが遊ぶ公園だったそうですけど、ねずみや浮浪者が寝床にするっていうので、アパートの住人からの苦情で、遊具は全部撤去されたんですよね。周囲は建物に囲まれていて、閉塞感《へいそく》がありました。なんというか、刑務所の運動場みたいな場所でしたね。時間もずいぶん遅くでしたし……でも彼女との待ち合わせは夜更《よふ》けになることもめずらしくなかったので……」

「呼び出された時の手紙は持っているか？」

「ロンドン警視庁に押収《おうしゅう》されました。つまり、僕の手元には、ジェーンからの手紙は一枚たりとも残っていないんです」

　手紙はもうもどってこないかもしれない——とアビゲイルは思った。切り裂きジャックが捕まるまでは、重要な証拠品として保管されるだろう。

　だが、エドマンドが今回のように圧力をかければ、きっと見せてもらえるはずだ。

「あなたがその場所に行ったとき、ジェーンはもう亡くなっていたのですわね？」

「はい。誓って本当のことです。僕は彼女にナイフを振り下ろしてなんかいない。今でも忘れられません。全身真っ赤だったんです、彼女。顔はもう見られたものじゃありませんでした。目玉もなくなっていて、彼女の両目の奥はまっくらでした。血がたくさん出てて……それにドレスも……」

「ドレス？」

「ええ。見たことのない赤いドレスを着ていたんです。きっと、男に買ってもらったんでしょうね。僕ではない男に。それに、結婚したことがあったなんて、僕にはひとことも言わなかった。ジェーンはとんでもない嘘つき女ですよ。警察はとてもご親切に、新聞を差し入れてくれました。僕に話していたことはたいてい嘘だったとわかりましたよ。知っていたらあんな女に求婚なんてしなかった。早く犯人が見つからないと、僕の将来に差し障《さわ》りがあります」

マシューはせきたてられるような口調になった。

「……そういえば、彼女が盗みをはらいたとか。もしかしたらそれも男がらみだったのかもしれないな」

「いいえ、まだはっきりとは。彼女は書類を盗んだようです。お話をお伺いするに、ジェーンから何か渡されてはいないようですわね？」

「いいえ。ああ、でも僕以外の男に手渡しているかもしれないですよね。はは……」

マシューは、汚れきった両手をこすりあわせた。

「新聞を読みました？　ジェーンは妊娠していた。結婚していたこと同様、ひとこともそんなことは言わなかった。僕には、商売以外で男と寝たことなんて一度もないと言ったのに。僕、裏切られたってことですよね」

「マシュー」

「あなた、代筆屋でしたか？　彼女の裏切り行為に手を貸していたんでしょう。僕のほかにも、いろんな男に、誘惑する手紙を書いていたんだろう」

マシューは立ち上がり、鉄格子《てつごうし》にしがみついた。血走った眼《まなこ》でアビゲイルを見上げる。

「どうなんだ。言えよ。ジェーンと一緒に、趣味の悪い手紙を書いて僕をかついでいたんだろう。ああ？」

「マシューさん。それは……」

「お前も詐欺師の仲間だ！　こいつが逮捕されて監獄に入れられるべきだ！　僕じゃない！」

煮えたぎるような怒りをぶつけられ、アビゲイルは一瞬、ひるんだ。それでもあごをつんと上げて、彼女はなんとか冷静さを失わないようにした。

「わたくしは、たしかに手紙を代筆いたしました。あなたとジェーンがふたりきりで出かけるために。でも、あなたにはそれを断る権利もございました」

「ふざけるな。詐欺師のくせにぬけぬけと」

「おい」

エドマンドはうなるような声をあげた。

「自分が言っていることがおかしいとは思わないのか？　彼女はジェーンの手紙を代筆しただけだ。内容はジェーンの意図に沿ったものになっているはずで、お前が金をまきあげられたのだとしたら、それは彼女の意志ではなくジェーンの意志だ。だいたい、ジェーンがそういう商売をしているのはお前も承知の上だったんだろう。耳に心地のいい嘘もサービスの一環だ。それを知らずにジェーンと付き合っていたとは言わせないぞ」

「だって、でも、僕は……僕はこんなところにいていい人間じゃない！」

　ニコラスが割って入った。

「エドマンドさん。もうこいつ、だいぶおかしくなってるんです。まともな理屈が通用する相手ではないですよ」

「マシュー・ヘイル。無実だというのなら、聞かれたことにだけ答えろ。警察はお前を犯人だと決めつけている。他の被害者はともかく、ジェーン殺しに関してお前は限りなく黒だ。だれかがお前の不利な状況を覆《くつがえ》さない限りな。俺たちのようなもの好きがわざわざ調べ回らないかぎり、お前はこのままだ。だが、態度によってはこの件から手を引いてもいいんだぞ」

　エドマンドは、自身のクラヴァットを片手ではさむようなしぐさをした。絞首刑――それを連想させる手の動きだ。マシューは悲鳴をあげて後ずさった。

「もう、いいですわ。それ以上脅《おど》かさないで」

　エドマンドはアビゲイルからカンテラをとりあげた。

「行くぞ」

　これ以上聞いても、ジェーンに対してのうらみつらみしか出てこないだろう。ふたりは示し合わせたように、控えていたニコラスに合図をした。

＊

「先ほどは、ありがとうございました」

アビゲイルは馬車に揺られながら、小さくそう言った。

「なんのことだ」

エドマンドはわかっていそうだった。でもそう答えただけだった。

マシューに敵意をむきだしにされ、アビゲイルはつんとすましていたが、内心はひどく動揺していた。自分の手紙が喜ばれることはあっても、他人を苦しめることはない。ましてや反感を買うことなどはありえないと思っていたからだ。

相手は鉄格子の向こうにいたが、もしマシューが釈放されたらどうなるだろう。ジェーンの裏切り……とはいっても彼女はただ営業をしただけで、裏切ったという意識すらないのだが……彼女の共犯者として、アビゲイルの身辺を調べあげ、オルコット商会をたずねてきたら。

シャーベットとソルベだけで、対抗できるだろうか。

切り裂きジャックの事件を追う以前にジェーンと関わった時点で、アビゲイルは知らず知らずのうちに危ない橋を渡っていたのだ。

ピストルを買った方がいいかもしれない。ハンドバッグに入るような、うんと小さいものを。戸棚やドレスの中に、ひっそりと忍ばせることができる。

「ジェーン・ブラウンがあちこちで金を借りていたのは、子どもを育てるためなのだろうか」

エドマンドがぽつりと言った。

わからない——とアビゲイルは思った。そもそも子どもをどうしたのかも分からない。うっかり屋のニコラスが、アビゲイルに捜査情報を漏《も》らしてくれるのを待つしかないだろう。

「あの様子では、父親はマシューではありませんわね。子どもができたと言ったらすぐにでも結婚しそうな勢いでしたもの」

「そうだな。そのように嘘をつく手もあったのに、彼女はそうしなかった。彼と会うのに間があいていたようだから、できなかったのか？」

「産み月から計算するに、ごまかせなかったのかもしれないですわね」

マシューは、子どもができたからといって手放しで喜んだだろうか、とも思う。結婚する理由にはなるが、同時に疑り深く自分の子かをたしかめるだろう。

「マシュー・ヘイルは、ジェーン・ブラウンのことばかりでしたわね」

エドマンドは、アビゲイルに静かに視線をよこした。

「そうだな」

「切り裂きジャックは無差別に人を殺している。被害者の共通点は娼婦であるということだけです。マシューが切り裂きジャックなら、ジェーンに対してだけ入れあげていたと言わざるをえません」

「やはりマシューは犯人でないと？」

「今はなんとも言えないですが、少なくとも彼が五人の女を殺したというのは違和感があります。切り裂きジャックは、三人目と四人目の被害者が出たときには新聞社に予告状を送っていたのに、ジェーンのときはなにもしなかったのが気になるのです。しかも、切り裂きジャックは予告の内容を完遂《かんすい》していません」

「予告の内容？」

「女を殺して耳を切り取り、警察に送るというものです。三人目も四人目も、耳はくっついた状態で発見されていますわ。そして、耳を送れなかった事由《じゆう》について、わざわざ手紙で報告しているようです。時を置かずして起きた五人目の被害者がジェーンなら、耳を切り取ろうとするのではないでしょうか。路上に死体を放置したり、予告状を送ってくるあたり、切り裂きジャックはかなり自己顕示欲の強い人物であると思えます。もし、新聞にあるような『袋小路の殺人』ができるような人間なら、彼女を殺して耳を切り取って立ち去るくらい、造作《ぞうさ》もないはずでしょう」

「悪趣味な予告だが、そうだな」

エドマンドは顔をしかめた。

「だが、予告状を送ってきたのは切り裂きジャック本人だという確証もないのだろう」

「ええ。いたずらの手紙が、奇跡的に実際の事件と一致するタイミングで届いただけかもしれませんわね。でも本人が送ったという線が濃厚でしょう。事件が報道される前に、二人の女を殺したという犯行声明を送っておりますからね。予告状の話はいったん置いておいて、今はジェーンのことですわ。彼女が発見されたのは、これまでの被害者とは違い、目立たぬ寂しい場所でした。これまで得意げに送ってきていた予告状もない。遺体を損壊しているという手口以外は、切り裂きジャックらしくないと言えるかもしれません」

「これまでの犯人と、ジェーン殺しは別だと？」

「決めつけるのはよくないですが、切り離して考えることも必要なのではないかと思いますわ。なんでも関連づけてしまうと目が曇りますから。しかし現段階のわたくしの見立てでは、一連の切り裂きジャック事件とジェーン殺しは、よく似たまったくの別の事件であるように思えます」

「実は、被害者の……ジェーンの遺体の写真を見せてもらった」

アビゲイルは素《す》っ頓狂《とんきょう》な声をあげた。

「いつのまに!?　わたくしはまだ拝見しておりませんわ。なぜ重要な情報を独り占めにしたんですの」

ジェーンの亡くなった翌日、ニコラスが思わせぶりに写真のことを口にしていた。ご婦人はショックを受けるから、見ない方がいいとか……。

今になってあの情報がいかに重要だったかを思い出し、アビゲイルはニコラスに頼んでいたのである。

アビゲイルは一度も気を失ったことはない。気の持ちようには自信があるので、ぜひ遺体の写真を見せてほしいと。

「ひどい写真だった。あなたがニコラスに頼んだそうだな。職務上得た情報を一般人に横流ししようとするあいつもあいつだが、あなたもよくもまぁ……あんなものを目にしたらしばらくは食事がのどを通らなくなるぞ」

ニコラスもそれを心配して、まずはエドマンドにこっそり写真を渡したらしい。

エドマンドは、アビゲイルに判断をあおぐまでもなく、すぐさまそれをニコラスに突っ返してしまった。

「ずるいですわ。あなただけ見たということじゃないですの」

「俺は見たことを後悔している。愉快な写真ではけしてない。あんなものは女性が見るべきではない」

エドマンドの表情は、いくぶん青ざめている。

「そんな……」

アビゲイルはがくりと肩を落とした。

彼女とて、顔見知りの遺体など見て楽しいとは思わないが、それでもジェーンを殺した犯人を見つけるのに役に立つかもしれなかったのに。

「……そんなに見たかったのか」

「見たくなかったらわざわざニコラスにお願いなんてしないですわよ。この事件の重要な手がかりなんですのよ」

アビゲイルがちくちくと言うと、彼は観念したように口をひらいた。

「わかった。勝手に写真を返した俺も悪かった。申し訳ないが、俺から見た視点で写真の概要《がいよう》を語らせてもらう。たしかにあなたの言う通り、他の被害者とジェーンの遺体は、なにかが違うように思える。スコットランド・ヤードは異なる凶器を使ったのではないかと見立てているそうだ」

「異なる凶器？」

「今までの被害者は、するどいナイフで切り裂かれたような痕跡だったのが、ジェーンにはもっと小さく、するどい刃物を使ったのではないかと。傷口は数百か所にのぼる。錐《きり》で穴をあけたような跡もあった」

「錐……」

「しかし、予告をしたりしてみなかったり、耳を切り取ると脅してみたり、それを実行できなかったりと、切り裂きジャックの行動は首尾《しゆび》一貫していない。気まぐれな彼が凶器に新しい得物《えもの》を試したとしても不思議ではない。娼婦が殺されているという一点だけを見れば、ジェーン殺しも連続殺人事件と共通している。そういうわけで、ジェーン殺しも切り裂きジャックの犯行ではないかと、スコットランド・ヤードは考えている」

　アビゲイルはしばしの間逡巡《しゆんじゆん》した。

「それでも、ジェーンだけそんなに手間のかかる殺し方をしているのは気になるところですわね。ナイフで喉を切り裂き絶命させれば、一瞬でカタがつきますのに。やはりホワイトチャペル連続殺人事件――切り裂きジャックの事件と、ジェーン殺しは別の案件であると考えたほうがいいかもしれないですわ」

「思い込みでひとつの選択肢に絞らない方がいいかもしれない、とは俺も思う」

　馬車は石畳の上を進んでいった。

　夜も更けて、イーストエンドにガス灯がともる。

　うすぼんやりした明かりに照らされて、簡易宿泊所が見える。それがいつものジェーンの定宿《じようやど》だった。馬車をとめて降り立った。すでに宿泊所の周りには泥酔した客が眠りこけている。エドマンドが顔をしかめ、アビゲイルに腕を差し出した。

「また小汚い場所か。いい加減うんざりだ。手短にすませて出るぞ」

　育ちの良いお嬢さままであったなら、入店に少々の勇気をともなう店である。しかし、監獄をたずねた後だ。このような場所、なんとも思わない。

　アビゲイルは誓った。もう相手の勢いに呑まれたりしない。

「有益な情報があるかもしれませんのよ。場合によっては長居するかもしれませんわ」

　彼の腕をとって、アビゲイルは胸を張って宿泊所に入った。一階はパブで、二階はベッドとは名ばかりの、長椅子をぎっしりと置いた共同宿泊所になっている。四ペンス出せば、一晩の寝床を貸してもらえた。

「アビゲイル。久しぶりだな、ここに来るのは」

　店主のハックが驚いた声をあげた。

「以前はどうもね。あんたのおかげで警察の指導をまぬがれた」

「ああいった書類が届いたらわたくしにお声がけくださいましね。だいたいは袖の下を渡してどうにかなるものではありますが」

　慣れた様子で会話をするので、エドマンドは面食らっているようである。

「たまにこちらで顧客と食事を共にすることがあるのですわ。来るのはたいてい昼間ですが。シェパーズ・パイがとてもおいしくてよ」

「……俺は食べないでおく。君はおなかがすいているのなら、好きにすればいい」

　アビゲイルは周囲をながめてから、たずねた。

「ビル・ヒルは来ている？」

ハックはあごをしゃくった。すみの席でビールグラスをかたむけている男がいる。薄汚れたシャツとスラックス姿で、長い髪を一つに束ねていた。

すりきれたように痩せているのに、どこか色気がある。

「今日は食事はいいですわ。わたくしはビールを」

物怖《ものお》じせずに注文するアビゲイルを脇によけて、エドマンドは一歩進み出た。

「ビールはやめてくれ。ふたりともウィスキーだ」

紙幣を渡すと、ハックはちらりとエドマンドを見た。

「新聞を見たよ。アビゲイル、彼と結婚してイーストエンドを離れるのかい？」

エドマンドがなにかを言おうとしていたが、アビゲイルは彼のつま先をふんづけた。エドマンドは悪態をついて口をつぐむ。

「さあ。考え中ですわね」

ハックは黙って曇ったグラスにウィスキーを注ぎ、カウンターに置く。

アビゲイルたちはそれを手に取り、ビルと同じテーブルについた。

「ここ、よろしくて？」

ビル・ヒルは顔を上げた。髪は少し赤みがかっていて、上目遣《うわめづか》いでじっと人を見る癖《くせ》がある。その挑戦的なまなざしが人を惹《ひ》きつける。女性が好みそうな男性だった。

彼は、値踏みするようにアビゲイルを見ていた。それからうさんくさそうにエドマンドに視線をよこす。

ビルの視線が次にウィスキーにうつったとき、アビゲイルは心の内でためいきをついた。同じ酒を飲むならまだしも、彼より上等な酒を持って席につくことを良いとは思えない。とくに、ビルから重要な話を聞かなくてはいけないようなときは。アビゲイルに安いビールを飲ませたくなかったのかもしれないが、エドマンドはこういうとき、機転がきかない。

「なんだ、記者か。取材は報酬次第だな」

「記者ではございませんの。あなた、ジェーン・ブラウンの元配偶者のヒルさんでよろしいですわね？」

「記者じゃないなら探偵か。どこで俺のことを知った」

「職業上、いろいろな噂を耳にするものですから。わたくし、こういう者ですわ」

アビゲイルはハンドバッグをあけ、名刺を取り出した。

「代筆屋をしております。どんな手紙や書類でも、代わりにわたくしが書きましてよ」

「あいにくと俺は文字が書ける。あんまりうまくはないがな。ガキの頃、おせっかいなシスターが教えてくれたんだよ。まあそれで仕事にゃ役立ったわけだが」

名刺を押し返され、アビゲイルは仕方なくそれをしまった。

「代筆屋が俺に何の用だ」

アビゲイルはすらすらと答えた。

「あなたのおっしゃる通り、記者のようなものだと思ってくださいまし。記事の代筆を請《う》け負うこともありますの。いただいた資料に瑕疵《かし》がございまして、足りない情報を補うためにおたずねしたのですわ。例の事件の被害者をよく知っている人物にお伺いした方が早いかと」

ビルは自分たちのことを記者だと思った。得体の知れない代筆屋と貴族の御曹司《おんぞうし》より、近しい存在だと思わせておいたほうが手っ取り早い。

「お前ら、ジェーンのことが知りたいんだろう。うん？　ひと足遅かったな。別の記者連中にうんと喋《しゃべ》っちまった。お前らの商売敵《がたき》かもな。今更何も出てこないぞ。知りたきゃ一ペニー出して新聞を買えばいい。あのホラだらけのクソ新聞にな。だが俺の言ったことは、事実だけだ。その事実は俺が洗いざらい喋っちまった。これ以上はいくら逆さに振っても出てこねえよ」

「ジェーンは妊娠していたようですわ。あなたの子ではなくて？」

彼のグラスが空《から》になる。

「あんたらみたいな、お高くとまっていい酒飲んでる連中に、話す気になれんね」

やはり。

アビゲイルは一度目を閉じてから、ほほえんだ。隙《すき》のない笑みである。

「このウイスキー、とても上等なものですのよ。これをひとくちお飲みになれば、あなたの舌の回りもたちまちなめらかになるのではと思ったものですから」

「そうか、悪いな。気を遣ってもらって」

　エドマンドのウィスキーをひったくり、彼は大事そうにひとなめした。エドマンドの方は露骨に嫌そうな顔をしたが、なにも言わなかった。

「俺の子かもしれないけど、だからどうだっていうんだ。父親なんて判別しようがない。あいつは売女《ばいた》なんだからな。たしかにジェーンは俺を訪ねてきた――俺とよりを戻したいと言ってね。しかたねえ、少し積んでくれるならここから先はあんたたちにとっておきの特ダネをくれてやってもいいぜ」

　アビゲイルはエドマンドに目配せした。エドマンドが財布から紙幣を取り出し、テーブルに置く。それをためつすがめつして、ビルは続けた。

「俺は絶対、あいつが怪しいと思ってる。あの世間知らずの弁護士見習いだか事務員だか知らんが、なよなよしたブ男。ジェーンに惚《ほ》れ込んで、やたらと金をつぎこんでいたみたいだからな」

「それはもう誰だって知っておりますわ」

「ちっ。それじゃあ、ジェーンが勤めていたっていうお屋敷の主人とかどうだ。けっこうないい男らしいぞ。お上品な貴族が下働きを手籠《てご》めにするなんて、昔からよく聞く話だ」

　エドマンドの頰がひくついたのを見て、アビゲイルは辛抱《しんぼう》強くたずねた。

「ビル。憶測ではなく事実を教えていただきたいの。彼女は妊娠していて、その子を生むつもりだった。その後は？」

「流れたんだよ」

ビルはウィスキーを味わいながら言った。

「流れちまったらしい。お屋敷をクビになったすぐ後に。ずいぶん泣かれて、こっちだってまいったよ。あんたは冷たいとか悪魔だとか言われたが、俺の子じゃないかもしれないのに、泣けるかよ。あいつもあいつで、翌日になったらけろっとしてた。ここの窓辺《まどべ》に座ってたばこを吸いながら、なんとか仕事を探さなくちゃとか言ってたな。紹介状がないことばっかり気にしていた。なんだかんだいってあいつは母親になるのが怖かったんだよ。コブつきじゃ生きるのに苦労する。晴れて子どももいなくなったし、またお屋敷勤めでもしようって思ったんだろ」

それでアビゲイルのところに来たのか。ジェーンの足取りがつながった。

「ジェーンの妊娠は初めてではないと聞いています。ひとりめはあなたの子？」

「あいつはその頃から娼婦をやっていた。俺の子かは知らん」

エドマンドは耐えがたいような顔をしていた。妻を持ちながら、平気でその妻に客をとらせる――その神経を信じがたく思っているようだ。

「その子はどうされましたの？」

「やっぱり流れた。あいつの子はいつもあっけなく流れちまう。そういう運命のおぼしめしなんだよ、たぶんな」

アビゲイルは、ビルの意見にはなにも口を挟まず、静かに話題を変えた。

「ジェーンから、何か荷物を預かっていませんか。トランクとか、書類とか」

「いや。俺はいつだって身ひとつだよ。決まったねぐらだってないんだからな。言っておくけど、俺にはアリバイがあるぜ。あいつが死んだときには、ここで賭けカードに興《きょう》じてた。ハックも見てるし、他にも大勢目撃者がいる」

ビルはエドマンドの方に目を向けて言った。

「俺があいつと結婚したのは、一時の気の迷いだった。美人だったんでね。ツラだけはばつぐんに良かったよ。それにかわいそうなやつだった、孤児院時代の話もたいそう聞かされたしな。だがあいつは大酒飲みだし、ぺらぺら嘘をつくし、人から親切を受けて当然だと思っているふしもある。あちこちで金を借りては返さず、友達もろくにいない。あいつを気にかけていたのは、故郷の孤児院にいるくたびれきったばばあだけだ。それですら、あいつにとっちゃ不幸な身の上話の味つけに使うスパイスだったわけだよ。同情を買って、金や生活用品をまきあげるのはジェーンの常套《じょうとう》手段だ。ジェーンのおかげでおれはすっからかんになっちまった。俺は結婚前に、あいつの言動をよくかみくだいて、判断するべきだったんだ。身内にするにはとんでもない女だっていうのをな。口のうまい女に騙《だま》されると男は地獄を見るぞ。お前さんもよくよく気をつけておくんだな」

「なぜ俺に言う」

「酒をごちそうになったんでね。人生の先輩として忠告してやったんだ。あんたが強い女の尻に敷かれそうな顔をしているからだよ」

紙幣をすかさずポケットにねじこみ、ビルは立ち上がった。

「俺たちも出るぞ」

いくぶん不機嫌そうに、エドマンドは言った。

＊

うんざりするような一日だった――。

エドマンドは狭苦しい階段をのぼりながら、そう思っていた。

おそるべき不潔さの監獄だけでなく、泥酔寸前の労働者とテーブルを同じくした。

アビゲイルの足取りは軽く、黒いドレスを軍人のようにさばいている。疲れ知らずだし、人に対して呆れたり不快に思ったりすることも、彼女はあまりなさそうである。あのいけ好かない容疑者にののしられたときですら、怒りよりも衝撃の方が大きい様子だった。

アビゲイルと行動を共にするようになって数日だが、彼女の好奇心ゆえの無謀な行動力にはいっそ感心する。

ニコラスを脅してマシューと面会したのも、もとは彼女の発案だ。それで書類の行方がわかれば終わると思ったのに、やはりマシューはなにも受け取っていないらしい。

エドマンドはただ、書類を取り戻したかっただけだ。それがいつの間にか切り裂きジャックを確保するべく、ロンドン中を駆けまわるはめになっている。

「ただいま戻りましたわ、トーマス」

アビゲイルはお隣さんから犬たちを受け取っている。

オルコット商会。犬たちの熱烈な出迎えに、エドマンドはさらに閉口した。コートに抜け毛がまとわりついている。

なぜこのような治安の悪い場所に居を構えているのか。ロンドンで商会を営むにしたって、もう少しやりようがあるはずである。しかも護衛役が、やたらなれなれしい犬二匹とは。

俺だったら、ここでは商売はしない。代筆業をいとなむならば客層をしぼる。門戸《もんこ》を広げすぎて質《たち》の悪い客ばかりになれば、肝心の富裕層から敬遠される。信用されることが第一だ。顧客の秘密を扱う仕事なのだから、それくらいはするべきである。

それか、いっそこの商会を貧民層向けのボランティア団体に変える。そういう事業に援助をしたがる篤志家《とくしか》はいるだろう。パトロンをつけて、活動資金を出させる。アビゲイルが飽きたらたためばいいし、誰かに託してもいい。

どちらにせよ、アビゲイルのような経営の仕方では、採算がとれるはずもない。

いつかアドバイスしてやろうと思っているのに、気がつくと彼女は鉄砲玉のようにすばやく飛び出していってしまうので、いつも言いそびれる。ドレスを着ているのに、なぜそうスタスタと歩けるのか。

「もうずいぶんまわったが、犯人の見込みはついたのか？」

「見込みというほどには。でも、少しはわかりました。ジェーンはあらゆるところからお金を借りていたこと。出産費用かと思いましたが、流産した直後の彼女はすでにすっからかんでしたわ。つまり、子どもに関すること以外で彼女はなにかにお金を使っていたのです」

「金なんて、使い道はなんだってあるだろう。酒に溺れたり、賭け事に使ったのかもしれない」

「そうですわね。それにドレス。マシューが言っていましたわね。彼女は赤いドレスを着て死んでいた……」

「借りた金でドレスを買ったとか？」

ありえる話である。やけになった女性が行き着く先は、背伸びした買い物かもしれない。

「なんのために。一夜の宿にも困っているのに、ドレスを？」

「身ぎれいにして、パトロンをつかまえようと思ったのかもしれない。あの弁護士見習いとか」

「マシューに会うのにわざわざおろしたての服を用意する必要はありません。ジェーンにとって、マシューにそれだけの価値はないように思えます」

アビゲイルはコートを掛けながら、あっさりと言った。

エドマンドはいくぶんか鼻白《はなじろ》む。

「それに、ジェーンは自分専用のクローゼットなんて持っていないのです。服はいつも同じでしたわ。上等なドレスなんて買ってもらったとしても、盗まれる前にすぐに売りに行くでしょう」

そういうものなのか。

簡易宿泊所で寝泊まりしている人間は、たしかにかさばる荷物は持てない。

エドマンドの雇っている使用人には決まったベッドを与えているし、鍵つきの小さなチェストもひとりにつきひとつ持たせている。着のみ着のままでその日の宿を行き来しなければならない者たちがいることを、彼は知らなかった。

「マシュー・ヘイルに言って、なんとかしてもらおうとは思わなかったのだろうか？」

盗難を心配しながら不潔な宿泊所を使うより、よほどいいのではないのか。

「マシューを全面的に頼れるのなら、わたくしではなく、彼のもとへ行くはずです。彼のアパートに泊めてほしいとも言いたくなかったのでしょう。マシューにはお金を借りたままになっていますし、つけあがらせたら、困るのはジェーンですから」

「ずっと考えていたのだが、ジェーンのように生活に困ったとして、救貧院へ行くという選択肢はないのか？」

イーストエンドの貧しい民《たみ》の様子を見て、エドマンドが真っ先に思ったことである。彼らのための施設を、なぜ使おうとしないのか。言葉がわからず、文字が読めず、利用手段がわからないというのであれば、手を差し伸べてやるべきだ。

救貧院は貧民への救済のために政府が作った施設である。ぜいたくはできないだろうが、盗みを働いて監獄へ行くよりはましだろう。雨風だってしのげる。見ず知らずの相手とベッドを共有する必要もない。

「救貧院！」

信じがたい言葉のように、アビゲイルは繰り返した。

「救貧院ですか、エドマンド。あの場所へ行ったことはないのでしょうね、もちろん」

アビゲイルの言いようにかちんときながら、エドマンドはうなずいた。

「そうだが」

「あそこは地獄だと聞いておりますわ。あんなところに行くくらいなら、野宿したほうがいくらかましだと。薄い麦粥と石のようにかたいチーズを与えられるかわりに強制労働が待っています。自由になるお金なんてもちろんいただけませんわ。たばこの一本、睡眠のほんの少し、自分の思うままになりません。わたくしは仕事で一度、代筆した手紙を届けたことがありますが……入浴も満足にさせてもらえず、皮膚病をわずらっている方たちばかりでしたわ」

エドマンドは絶句した。

「――それは……知らなかった」

「そうでしょうとも」

治安がいっこうによくならないわけである。

「あなたはまさか、救貧院もひとりで向かったのか」

「ひとりじゃないですわ」

アビゲイルは足元に視線を落とした。犬を頭数《あたまかず》に数えるなと言いたい。

「ともかく……国の制度を利用しなくとも、民間の慈善団体を頼るという手もある。篤志家が生活困窮《こんきゅう》者に向けて生活必需品の支援や住宅の提供などを申し出ている。救貧院よりは、小規模な団体だが……」

エドマンドは何枚かのチラシを取り出した。

『共に希望のある明日を　食事・入浴のサービス　バタシー地区婦人部』

『あなたにできる仕事がある。一生モノの天職をお約束します。――ネバーモア』

『たばこ・紅茶　無償でお渡しします。ほっとしたくなったら火曜十時より　ジョージ・イン正面のパブにて　青い鴉《からす》』

『集合住宅、破格の家賃にて入居者募集中　ロンドン・イースト紳士の会』

チラシは事件の行きがかり上、何かの参考になるかとエドマンドが集めたものである。

チラシを手に取り、アビゲイルは眉をよせる。

「こういったものができたのはごく最近でしょうね。生活困窮者には字が読めない方も多いです。いくらチラシを作ろうが、正しく伝える人がいなくては、支援の手は届きませんわ」

「そういうものか」

「それに、篤志家の気まぐれは、一時しのぎにしか利用できません。彼らは少しでも状況が変われば一方的に支援を打ち切ります。持続性のない団体のやさしさほど、残酷なものはないですわ」

エドマンドは嘆息《たんそく》した。与えること自体は簡単にできるが、自分たちはえてして正しい与え方を知らないようだ。

「話をそらしてわるかったな」

アビゲイルはあらたまったように言った。

「いいえ。わたくしの知らない団体がいくつもありましたわ。一時しのぎと割りきったうえでならと、今度困っている方に出会ったら紹介してみます」

「そうか」

アビゲイルはいそいそとチラシを引き出しにしまっている。

「明日は現場を見に行きましょう」

「明日も行くのか」

「当たり前ですわよ。夜がいいですわ。彼女の死亡時刻くらいのほうが。でも、まだ警察は立ち入り禁止にしているでしょうか」

「もうそれくらいにしたらどうだ。危ないだろう」

ジェーンの亡くなった場所は、ご丁寧《ていねい》に詳しい地図付きで新聞に掲載されていた。実際に足を向けずともわかる。不潔で狭く、ひと気がない。ごろつきがたむろするパブと、嵐が来たら窓が吹き飛ばされてしまいそうなほど頼りないアパートメントが、立ち並ぶ通りである。

もし妹のクラリッサが「行きたい」と言ったならば、エドマンドは絶対に許さないであろう界隈《かいわい》だ。

アビゲイルは監獄で怖い思いをしたから、少しは慎重になるかと思ったのに、まったくそんなそぶりはない。

「だからあなたも行くのですわよ。男性がいるとこういうときべん……いや、心強いですわね」

明らかに便利と言いかけていた。エドマンドはあきれて言葉をのみこんだ。

「それに、パブに行ったときのようにあなたをパートナーだと思ってもらえるなら、情報も聞き出しやすくなりますわ。ビルだってなんだかんだいって結局は話してくれたでしょう。女ひとりでは侮《あなど》られてこうはいきません」

「あなたはそれでいいのか」

エドマンドはたずねる。席をすすめられたが、長居するつもりはないので、彼は扉を背に立ち尽くしている。

「俺を引き連れて街を歩けば、否応なしにゴシップのネタにされるんだぞ」

「構いませんわ。お伝えしておりますけれど、わたくし意中のお方も、結婚したいお方もいない身ですので」

「これから現れるかもしれない。そうなればこのことは醜聞《しゅうぶん》になるんだぞ」

「あなたがそれを気にされるのなら、わたくしも控えますわ」

アビゲイルはお茶を淹れるつもりらしい。キッチンの方から、のんきに答える。

エドマンドは座ろうともしていないのに。夜に女性の部屋にあがりこんで、長居するつもりはないと、言葉にしなくとも態度で伝えている。こういった気遣《きづか》いをくみ取ってくれないのか。

「たしかに、よくよく考えればそうですわね。あなたがこれからご結婚される相手が気にするはずですわ。過去にわたくしとの噂があったら、確かめずにはいられないでしょう」

「いや、俺は……」

「それとも、この短い間に、意中のお相手ができたのかしら。それならば申し訳ありません。明日現場に行くのは、わたくしひとりにいたしましょう」

意中の相手。

そんなものは、昔から――。

エドマンドは顔を上げた。

「ひとり？」

「そう、ジェーンが見つかった現場ですわ。きっと行けばなにかひらめくはず。もう、そこまで真相をつかみかけている気がしますもの」

アビゲイルは目の前の空《くう》をつかみ、目を輝かせている。

「ひとりと言ったか？　夜に？　正気か？」

「その質問、よくされるのですけれど、わたくしはいたって正気ですわ」

「やめろ。そんな場所、なにがあるかわからないだろう」

「でも、もうなにかあった後ですわよ。そうそう二度目はないでしょう」

「どうかな。あなたの見通しは甘い気がするが」

治安の悪そうな場所にずかずかと入り込んだり、娼婦を買うような男や泥酔状態の男に話しかけたり、アビゲイルを見ているとひやひやして仕方がない。

だいたい、本職のロンドン警視庁ですら手を焼いている事件を、一般人が解決できるわけがないではないか。アビゲイルはなにを根拠に、エドマンドの書類を取り戻せると思っているのだろう。新聞がやたらと警察組織の無能ぶりを書きたてているので、真に受けているだけではないのか。

そう、書類。

意地でも取り戻さなくてはならない。あれが世に出たら、いよいよエドマンドは後戻りできなくなる。人々がエドマンドを見る目は確実に変わるだろう。今まで築き上げてきた信頼も世間に向けた体面も、地に落ちる。

それだけは避けなくてはならない――絶対に。

不潔な場所に連れ回されようが、不名誉な婚約の噂が流れようが、犬の毛がまとわりつこうが、なりふりはかまっていられない。

もうこの、勘違い名探偵もどきのアビゲイルにだって、すがるほかないのである。

＊

ドアノッカーは鳴らされず、がちゃりと扉がひらいた。犬たちが感激のあまりとびはねている。アビゲイルはキッチンでプディングの仕込みをしていたところだったが、手を止めた。

「まあ、お姉さまがた」

アビゲイルの双子の姉、マーガレットとローズである。

光沢《こうたく》のあるベージュのドレスを着たマーガレットと、さっぱりとしたラベンダー色のサテンドレスを着たローズは、勝手知ったる様子でソファに腰を下ろした。犬たちは姉の足元に座り込んでいる。

「アビゲイル、あなたが息災にしているかどうか様子を見てこいと言われたのよ」

「お父さまからね」

「お父さまが直接行くというのを、私たちが止めたの。感謝してほしいわ」

「まぁ、プディングを作っているの。あなたはなんでもひとりでやってしまって、偉いわね。レーズンは入れた？」

「お姉さまがた、落ち着いて。いらっしゃるなら知らせてくだされば、プディングにレーズンを入れて、昨晩のうちに仕上げておきましたのに」

マーガレットはくちびるをとがらせた。

「事前にお知らせせなんて、まだるっこしいことしたくないわ」

「だって婚約報道についてすぐに聞きたいものね」

　そう言って、ローズはうなずいてみせる。

「この件に関して、お父さまはなにもご存じないとおっしゃっていたわよ。親に内緒で婚約だなんて、どういうつもりなの」

「順序がまるで違うわよ」

「相手がフリートウッド伯爵家のご嫡男《ちゃくなん》で、あなたにとってはまたとない縁談だから、お父さまも騒ぎ立てたりはしなかったけど、内心はかんかんでいらっしゃるわよ」

　ああ、忘れていた――。

　そういえば、父からしつこいくらいに家に帰ってくるよう催促されていたのだった。

　切り裂きジャック、もといジェーン殺しの犯人を捕まえることにやっきになっていて、そちらの方は頭からお留守にしてしまっていた。

「本当のところ婚約ってどうなの」

「エドマンド・フリートウッドでしょう」

「懐《なつ》かしいわね、彼。まさかアビーの婚約者になるなんて思わなかったけど」

　ローズの口ぶりに、アビゲイルはたずねた。

「あら、ローズお姉さまは彼をご存じですの？」

「ご存じもなにも」

「ねえ」

アビゲイルが運んできた紅茶を手に取り、ふたりはソーサーを膝《ひざ》に置いた。めずらしくじれったそうなアビゲイルを前に、マーガレットがほほえんだ。

「彼、私たちとの縁談がもちあがったことがあるのよ。我が家にもいくどか来たことがあったわよ」

「えっ」

ローズはビスケットを口にふくんで、顔をしかめた。うんと甘くしないとローズは満足しないたちである。甘さ控えめのジンジャー・ビスケットはアビゲイルの手作りだが、お気に召さなかったらしい。

「ずっと昔ね。まだ我が家がスコットランドのカントリー・ハウスを所有してた頃。近くにフリートウッド家もカントリー・ハウスを持っていて、交流があったのよ。お父さまは私かマーガレットのどっちかと、エドマンドを結婚させたがってたの。今でこそフリートウッド家は資産家ですけれど、昔はうちと同じくらいの財産しか持っていなかったと思うわ。つりあいがとれると思っていたみたい。でも結局は、あちらのお眼鏡にかなわなかったみたいなんだけれどね。エドマンドもまだ若かったし」

「それっていつの話ですの」

「私たちが二十歳《はたち》で……エドマンドは、十七歳じゃなかったかしら、ローズ」

「三つも年下だわって話した記憶があるものね」

八年ほど前か。しかし、エドマンドを見たことがあったのなら覚えていそうなものである。今ですら、共に歩けば振り返ってエドマンドを見つめる女性たちの絶えないこと。当時は白皙《はくせき》の美少年だったに違いない。

「でも、私たちほっとしたのよ」

「エドマンドって、たしかに見た目は素敵だけれど、嫌みったらしいし、プライドも高くて、いやな人よねって話をしていたのよ」

「ずっと一緒にいなきゃいけなくなっちゃったらどうしようって思ったわ」

「彼、やっぱり年上の女はいやだったのねぇ」

「アビー、あなた平気なの。エドマンドに意地悪されているんじゃないの」

「まぁ、あなたなら逆にやりこめちゃうわよね」

「こんなところで商会なんてひらいているくらいですもの」

「人ひとり入ればいっぱいいっぱいのキッチンで、プディングなんて作っちゃうんですから」

ひとりでプディングを作るどころか、ピストルまで買い求めようとしている――とは言えなかった。

「私たちがあなたくらいのころは、結婚のことや、ドレスのこととかで、頭がいっぱいだったのに。いったい誰に似たのかしら」

「喋り方からして、おばあさまでしょうね」

「あの人もずっと『わたくしはね』って言っていたもの」

姉たちは言いたい放題で、紅茶にいくつも角砂糖を落とし、スプーンでくるくるとかき回していた。

「エドマンドから、お姉さまたちと婚約の話があったなんて聞いたことないですわ」

「言うわけないじゃないの」

「姉との縁談が持ち上がったことがあるなんてね」

「それに、彼が我が家にいるところだって見たことないですし」

「それは、あとは若い人たちでどうぞって、気をまわされていたから。私たちとエドマンド三人だけで過ごしていたんだもの。あなたはおばあさまのお部屋に追いやられてしまっていたわ。あなたはあなたで、おばあさまのお手紙を見せてもらうんだって、気もそぞろだったじゃないの」

まったく覚えていない。アビゲイルが言葉もない様子だったので、あわててマーガレットが言い添えた。

「でも、別に彼、結婚に乗り気じゃなかったわよ」

アビゲイルはそこを気にしているわけではなかった。アビゲイルが親同士とも付き合いのあったオルコット家の娘だとわかっているのなら、ひとことそういった話題がのぼってもいいと思ったのだ。

「で、婚約なんて嘘なんでしょう」

ローズがずばりと切り込んだ。

アビゲイルは、かたむけていた紅茶のカップをソーサーに下ろした。

「どうしてそうお思いになるの？」

「だってそうでしょう」

「順序もめちゃくちゃだし」

「あれほど手紙を書くのが好きなあなたが、エドマンドについてお伺いの手紙ひとつ家族の誰にもよこしたことがないのだから、そうに決まっているじゃない」

「お姉さまがたって、抜けているようですどいですわね」

「褒《ほ》められてるの？　マーガレット」

「けなされてるのよ」

ローズはたっぷりと砂糖をとかした紅茶でくちびるをしめらせた。

「本当は婚約なんてしていない、で合っているのね、アビー」

「ローズお姉さま。このこと、お父さまには……」

「言わないでおきましょう。すべてはあなたの口から説明するといいわ。もしかしたら嘘がまことになるかもしれないのだし？」

マーガレットとローズは顔を見合わせて、くすくす笑っている。まるで鏡に向かってほほえむひとりの女のようである。

「さっきは意地悪されているんじゃないのなんて聞いたけど、その実私たち、アビーとエドマンドはとても気が合うと思っているわ」

「どうしてですの」

今のところ、そのようには思えない。エドマンドはいつもぷりぷり怒っているように見えるし、不機嫌である。意外とおせっかいではあるが。

「彼、いつもなにか書きつけていたじゃない？　覚えてない？　ローズ」

「そうねえ」

「ピクニックをしていても、つまらなそうにノートをひらいて、私たちと話をしようともしなかったわ。書くことが好きなのね、私の妹もなのよ、って言ったらひとこと『そうですか』」

「あの、断ち切るような『そうですか』、私たちよくまねしてたわよね」

——書類を取り戻したい。

そう言ったエドマンドの、真剣な顔つきを思い出した。

「人と話すよりも、書面を介してやりとりするのが得意なんだわ、きっと。それならアビーの方が彼と過ごすのに向いているでしょう」

「そうかしら。私、彼と手紙のやりとりをしたことなんてないのですけれど」

「あれだけ人のために何百通、何千通と手紙を書いているのに！」

信じられない、とマーガレットは天を仰《あお》いだ。

「私たちの縁談がまとまったのはアビーのおかげだもの。お父さまがなんと言おうと、私たちはあなたの味方よ。なんでも相談なさいね。でも、ここはさっさと引っ越したら。なんだか汚い身なりの人たちばっかりだし、馬車で直接乗り付けないと怖くて来られないわ」

「一考しますわ」

「ああ、でもこういう場所だから社交界の人たちは近寄りもしないでしょうし、エドマンドとの逢瀬にはぴったりなんじゃない？」

「お隣にあんなに家政婦さんたちがいたんじゃ、内緒にもできないでしょうよ」

「たしかにねぇ」

「お姉さま、わたくし逢瀬だなんて――」

「重ねているってことにしといたらいかが。お父さまだって、アビーがエドマンドと結婚するとなったらどれだけほっとすることか。それが一時の気休めに終わったっていいじゃないの」

「……」

「じゃあ、私たち行くわね。引っ越すつもりならいつでも人手を出すから言うのよ」

姉たちは好き勝手おしゃべりをして満足したのか、嵐のように帰っていった。結局のところ、彼女たちも妹の顔を見たかっただけなのだ。ハーブのせっけんやらフランス産のワインやらたっぷりと中身の入ったはちみつの瓶やら、シャーベットとソルベのために編まれた毛糸の服まで、山のような手土産《てみやげ》を置いていった。

少年の頃のエドマンドが、川べりのそばの木によりかかり、熱心にノートになにかを書きつけている姿を思い浮かべた。きっと絵になるだろう。

姉たちの話を聞くに、エドマンドはおそらく、書くことが好きなのだ。アビゲイルのように。

いつも怒っているように見えるのは、大事なものをなくしたまま、なかなか取り戻せないあせりからくる苛立《いらだ》ちに違いない。

「ならばますますはりきって、なんとか彼の書類を取り戻してあげませんと」

アビゲイルは決意を新たに、姉の手土産を整理しはじめた。

＊

夜が更け、指のさきまで凍《こご》えるような風が吹いた。

アビゲイルはコートの前をかきあわせた。黒いドレスと揃いの色のコートは、アビゲイルをすっかり闇に溶け込ませていた。カンテラが照らすわずかな明かりが、彼女をうすぼんやりと浮かび上がらせている。

「どうしたんだ、今日は。やたらにこにことしているじゃないか」

エドマンドに言われて、アビゲイルは「そうでしょうか？」とそらとぼけた。

姉に聞きましたわ。あなたも書くことがお好きなのね。十代の頃、ノートになにを書いていらしたの――。とはたずねなかった。当時のエドマンドは感じやすい年頃であったことだし、なんとなくマーガレットやローズと過ごした事実を、アビゲイルに言えないだけかと思ったのだ。

「それにしても寒いし、汚いところだ。明かりがなければねずみを踏んづけそうだぞ」

エドマンドはなんだかんだと文句を言いつつついてきた。アビゲイルのことが放っておけないらしい。書類を取り戻したいのはエドマンド本人なので、当然だとも思うが、無理を押し通しているのはアビゲイルである。同行を強制するつもりはなかった。

シャーベットとソルベがいるし、誰にも言っていないが、ハンドバッグにピストルも入っている。とうとう買い求めたのだ。まだトーマスに撃ち方を教えてもらっていないけれど、銃口を向ければ脅しにはなるだろう。

イーストエンドの片隅にある、パブ「黒鳥《こくちょう》」。そして三十年ほど前に建てられたアパートメント。この建物の間に位置する細い坂道をのぼってゆくと、目的の場所にたどり着く。

ジェーンが亡くなって、しばらくが経《た》っている。立ち入り禁止は解除されていたが、怖いもの見たさでこんな場所だというのに出入りする者もいるらしく、近隣のアパートの住人は迷惑しているという。

「もし、よろしいかしら」

アビゲイルがたずねると、彼はのそりと顔を上げた。黒くすすけた顔をゆがめると、抜けた歯の目立つ口元がのぞく。

アパートの軒先をねぐらにしている浮浪者がいる――住民からの情報を得て、アビゲイルは目当ての人物に声をかけたのだ。

「こちらで先日事件があったのは、ご存じ？」

「ああ――……じけん、事件ね。知ってるよ。おたくら記者さんか、それとも肝試《きもだめ》しの学生さんかね」

「そんなところよ。どちらでもないのだけれど」

「ジンを少しめぐんでくださらんかねぇ。今夜は冷えるもので。すぐそこのパブで、一番安い酒なんですよ」

彼はいつもこの調子なので、ジン長老と呼ばれていた。誰に対してもふたことめには

「ジンをめぐんでくれ」なのである。

「話をしてくれたら、買いに行ってやる」

　エドマンドが言った。

「できたら、できたらでいいんだけどね……ほんのお気持ちだけ、パンもいただきたいんだが」

「いいですわよ。彼が全部買ってくれますわ。少しよろしいかしら。あなたはいつもここに座って、あちらの広場を見ているって聞いたのですけれど」

「ああ、ああ、そうだねえ」

　男はうなずいて、震える指で広場をさした。

「昔はあそこに流行《はや》らない食堂があったんですよ。それが数年前に潰《つぶ》れて、その後建物は朽《く》ちて崩れてしまって、しばらくしたら空き地になったんですよ。その後はどっかの国からの移民が、小屋作って寝泊まりするようになりましてね。それが政府の……なんでしたっけ。決まりが作られましてね」

「改正救貧法か」

「ええ、なんでしたっけ」

「改正救貧法……昔風に貧民救済法と言ったほうがなじみがあるのか？」

「はあ!?」

「貧民、救済、法」

エドマンドは辛抱《しんぼう》強く大きな声でくりかえしたが、ジン長老はわかっているのかいないのか、何度もうなずくだけだった。

「そう、そう。それで救貧院に、そこにいた連中を連れていっちまったんだな。私はなんとか、それから逃げきったというわけですけどね。ジンを飲むなんて夢の夢ですからね、あんなところにいたら。南京虫《なんきんむし》に体中かまれてえらい目に遭いますし。でも、連れてかれたやつはほとんど病気で、ここに戻ってくるのはいませんでしたわ。だいたい救貧院で死んじまって、共同墓地に投げ入れられました。そういうわけで、ここはまたがらんと空《あ》きました。いっときは公園になったんですが、いつのまにかそれもなくなりまして、次は女の子たちがここにたむろするようになりましてね。裏の建物が、娼婦たちに部屋を貸していてね。そこに男を引っぱりこむってわけなんですよ」

「女性たちがここに立つようになりましたのね?」

「表通りに立つと、気まぐれにパトロールする警察に見つかるっていうんで、みんなこのあたりにずらっと並んでましたよ。女の子を買うお金はごらんの通り持っていませんが、見るのはまぁ……ただですからねぇ。最近は怖がってそんな子は誰も来ないけれど」

「あなたも容疑者になったのよね?」

アビゲイルがたずねると、ジン長老はうなずいた。

「でもすぐにアリバイは証明されました。ご近所づきあいはしておくものですな、美しい記者さん。私が通ったり座ったりすると、アパートの方が必ず見ているものでね」

「……」

エドマンドはなにか言いたげだった。家の前に、何か月も体を洗っていないような不潔な男がうろうろしていれば、いやでも目につくというものであろう。

亡くなったジェーンを見たマシューが叫び声をあげたとき、そばにいたのはこのジン長老だったのだ。

ロンドン警視庁も当然取り調べをしたが、彼のアリバイは住民が証明している。ジェーンが死亡した時刻、カラスの鳴き声で目覚めた住人が窓をあけた。しばらく様子を窺《うかが》っていたが、ジン長老が座り込んでいるのが見えただけだった――と。

この男はいつも、遠くから女の子をながめて一杯やるのだった。広場の入り口に陣取り、買う男と売る女のかけひきを見つめるだけ。

「ジェーン・ブラウンが亡くなった日も、あなたはここにいた？」

「ああ、赤いドレスの女の子ね。やけに目立つもんを着てるなぁと思ったのを覚えてますよ。そこの広場にね、木箱がたくさんあるでしょう。あそこに座って、誰かを待っている様子でした」

広場には、穴のあいた酒樽《さかだる》や木箱が投棄されていた。

そのうちのひとつが、ジェーンが腰をかけていた箱らしい。箱はすでに証拠品のひとつとして警察に押収されているという。

「広場に行く人は、必ずこの道を通るのですわね？」

「そうだね。そうじゃないと行けないですよ。パブとアパートの細道をたどって、すっかり抜けたらこの場所ですよ。まぁ、この道を通るのはアパートの住人と、パブで飲みすぎた連中が酔いざましに来るくらいかな」

行き止まりの路地は外灯もなく、夜中になれば真っ暗になってしまう。カンテラを持っていなければ、建物の隙間《すきま》から遠くに見えるテムズ川の船の明かりだけがたよりになる。

背の高い建物やアパートに囲まれて、街の発展から取り残されたような空間である。

「つまり、あなたは生きているジェーンを見た最後の方、ということになるのかしら」

「まぁ、そうだろう。彼女はここに入ったっきり、ずーっと長いこと座っていましたよ。そのうち真っ暗になっちまってね、よくは見えなくなったが……でも、彼女が出ていったらわかるはずですよ。そこの柵を見て」

さびた柵を指さし、男は言った。

「あの柵をあけるたびに、けっこう大きな音がしますからねぇ。いやでもわかる。おれがその音を聞いたのは、二回ですよ。ジェーンって子が来たときと、彼女の死体を発見した男が入るとき。それだけ。彼女はここに入ってきたとき、ご丁寧に柵をぴっちりしめてましたよ。きっと誰かが来たらすぐにわかるようにしたかったんでしょうねぇ。決まった人間と待ち合わせしていると見ましたよ。どう考えても、殺したのは後からここに入ってきた男でしょうね。それ以外やりようがないもの」

弁護士見習いのマシューのことである。やはり容疑者たちの中で、彼がいちばん怪しいということになるのだろう。動機もある。ジェーンをめった刺しにして、凶器はテムズ川に投げ捨ててしまったというのが、一番簡単な考え方である。

アビゲイルは柵に手をかけた。引きつるような耳障《みみざわ》りな音がする。その音に反応して、ばさばさとカラスが飛び上がった。

エドマンドが柵のぐあいをたしかめている。

「高い柵だな。足をかけられそうな造りでもない。俺でものぼるのは無理そうだ」

「気をつけてくださいまし。そこ、鳥の糞《ふん》がくっついていますわ」

まだ新しい。エドマンドは露骨にいやな顔をした。飲食店の出すゴミに日常的にむらがっているのだろう。

「ここに侵入するには、正攻法に柵をあけるしかない……そして柵をあけようとすれば、いやでも目立ちますわね」

周囲の建物に窓はあるが、広場に下りるには高すぎるうえ、しっかりと格子《こうし》がついている。

人が出入りするには、かなり無理があると言わざるをえない。

「ではやはりマシューが犯人か。状況証拠として、それしか考えられないだろう」

エドマンドは決めつけるように言った。

「行き止まりの路地。侵入すればすぐわかる場所、いわば密室ですか……」

腕を組むアビゲイルのそばで、シャーベットとソルベがせわしなく鼻を動かしている。

第三章　令嬢VSもうひとりの代筆者

オルコット商会の昼下がり。

アビゲイルは、手帳に書き記した記録をにらみつけ、小さくうなった。

これはいわば密室殺人と同じ構図である。

広場へ続く路地をたどれば、必ずアパートの住人とジン長老に目撃される。そして大げさな音をたてて柵をあけない限り、ジェーンの死んだ場所から立ち去ることは不可能だ。

マシューが犯人。それならば、話は早い。

彼にはわかりやすい動機があるが、容疑は強く否認している。そして他の切り裂きジャックの被害者を殺す動機はマシューにはない。監獄にいた彼はたしかに追い詰められてはいたが、人を幾人も殺さなければならないような、鬱屈《うっくつ》とした精神をかかえていたようにも思えない。

だからこそ、警察もマシューを起訴することも釈放することもできず、ただいたずらに時を浪費しているのだろう。

「犯人がマシューでないとしたならば、本当に幽霊の仕業《しわざ》に思えてきますわ」

新聞を広げて、アビゲイルは指さきで記事をなぞる。ジェーンの亡くなった夜、付近で鉈《なた》を持った大男の姿を見たとか、謎の叫び声を聞いたとか、真偽のはっきりしない噂話ばかりだ。特に鉈を持つ男に関しては幾人もの目撃情報があがっていて、ジェーンの殺された夜に、切り裂きジャックが街をうろついていた線は濃厚になっている。

しかし、銃を持つ男は霧《きり》の中を消えてしまったとも……。

そして、エドマンドの探し物である。

ジェーンが殺されたことと、彼女が盗みをはたらいたことは、まったくの無関係なのだろうか。

マシューは、エドマンドの書類についてなにも知らなかった。フリートウッド家の書類はどこに消えたのか。この点にかんしては、このまま迷宮入りなのだろうか。

ドアノッカーを叩く音がして、アビゲイルは顔を上げた。

「はい、どなた」

「アビゲイルさん、すみません。またお仕事をお願いしたくて」

この声は、聞き覚えがある。アビゲイルはいそいそと扉をあけた。

「こんにちは、リティク」

そういえば、彼と会ったのは、寝耳に水のようなエドマンドとの婚約報道があった日が最後だった。

婚約は事実なのか――そうたずねたリティクは、切羽詰《せっぱつ》まった様子であったような気がする。

「前回はあわただしくて申し訳ございませんでした。なにかお話ししたいことがあったのでしょう?」

彼から購入した茶葉を手に取り、アビゲイルはお茶の準備をする。

「ええ。あのときは、あなたを心配させまいと相談ごとを持ち帰ったのですが……状況はあまりよくないです」

「お手紙のこと？　お仕事のこと？」

アビゲイルの問いに、リティクはあきらめたように言った。

「手紙の悩みだけならよかったのですが。今のロンドンは、あまりにも移民に厳しすぎる。彼のせいでしょう」

リティクはテーブルに広げられた切り裂きジャックの記事を見た。

「切り裂きジャック。どこへ行っても彼の話でもちきりだ。一連の事件の犯人は、私のようなよその国から来た人間であると、みんな噂しているんです」

「リティク……」

「おかげで取引がいくつかだめになりました。今まで誰しもが抱《かか》えていた移民に対しての悪感情が、悲惨な事件をきっかけに表に出始めた。いつまでも犯人が捕まらないので、ますます疑われて、ひどい扱いをされます。私の友人も……」

リティクが取り出したのは、手書きのビラだった。

インド人らしき男たちの似顔絵と名前、見覚えがあればここに連絡を――とリティクが構える事務所の住所が記されている。

「行方《ゆくえ》不明になったまま、戻ってこない。しかし誰も真剣に捜そうとはしてくれません」

「そんな」

「本当は、前回の訪問時にこのチラシにおかしな点がないか見ていただこうと思っていました」

「言ってくだされぱよかったのに！　婚約報道よりもよほど重大な件ですわ」

「あなたに甘えてばかりもいられません。そう思ったのです。もしかしたら仲間もひょっこり帰ってくるかもしれないと思っていたところですし」

しかし、時間が経《た》ってもリティクの友人たちは戻ってくることはなかった。

「新聞社に持ち込んだのですが、外国人の人捜しの記事は載《の》せられないと」

「まあ、どうしてですの」

「イギリス人の行方不明者を優先するそうです。とりつく島もありませんでした」

彼らは出稼ぎのために炭鉱に行ったきり、戻ってこないという。便りもなく、炭鉱夫を管理する会社に問い合わせたところ、そんなやつらは来ていないの一点張りであったらしい。

「そんなはずはないのです。私は駅まで彼らを見送りました。私は彼らの家族とも親しい付き合いをしています。嘘をついてどこかへ行方をくらますなど、考えられないのです」

「炭鉱には行ってみましたの？」

「はい。ですが、入坑した記録もありませんでした」

「警察には言ってみた?」

「警察も新聞社もたいして変わりません。相手にもされませんでした」

移民が行方をくらますのは、特段めずらしくもない。ことに石炭を掘るとなると、命の危険を伴う大変な仕事なので、おびえて逃げ出す輩《やから》もいるという。おおかたリティクの友人たちも、そのたぐいだと思われたのだろう。

「警察の言うとおり、炭鉱の仕事が怖くなったのなら、私のもとに帰ってくるはずです。このところの移民への風当たりの強さもありますし、事件に巻き込まれているのではと思いましてね」

「心配ですわね」

「帰ってきたところで、私たちのような者は安心して外を出歩けません。イーストエンドは、すでに人の住む街ではないのでしょう。何もしていなくとも、肌の色が違えば石を投げられる。私たちはイングランドの支配を受け入れざるをえなかったのに。ここにいるのは悪魔ばかりです」

「リティク」

「アビゲイルさん、あなた以外は」

リティクは立ち上がり、アビゲイルの手をとった。

「あなたがいなかったら、とっくにインドに逃げ帰っていました。もう十分お金は稼ぎました。あなたさえよければ……私の故郷で、英語を教えてくれませんか。居心地の良い住まいも提供しますし、寂しい思いもさせません。インドには、イギリスの貴族がたくさん移住しています。お友達もすぐにできるはずです。もちろん私もいます」

商売人らしい愛想のいいほほえみはなりをひそめ、リティクのまなざしに真剣さが帯びる。黒瑪瑙《くろめのう》の瞳が、真摯《しんし》にアビゲイルをうつしとっている。

アビゲイルは思わず口ごもった。

「きゅ……急になにをおっしゃるの」

「女性がひとりでこんな場所に住むなんて、あまりにも危険すぎる。私も、友人たちが見つかったあとは帰国するつもりです。すでに紅茶や織物の販路は十分確保しましたから。ロンドンの支店は他の者に任せます。ここでの私は無力ですが、インドに戻れば違います。けして苦労はさせませんから。その……できれば私の……」

リティクが急《せ》くように続きを口にしようとしたその時、扉を二度ノックする音がした。

振り返れば、冷ややかな顔をしたエドマンドが、こちらを見下ろしている。

「失礼。犬が扉をあけてくれたのでね」

ドアノブにつかまっていたシャーベットが、ずるずると床に伸びる。

「だが、お邪魔だったかな。大事な話の途中のようだ」

「待って、エドマンド。おかけになって、こちらへ」

アビゲイルはそそくさと立ち上がった。いけない、リティクの話に呑まれかけてしまっていた。

さっとティーカップを湯通しし、紅茶をそそぐ。リティクのために淹れたばかりだったので、まだあたたかい。リティクとエドマンドは、向かい合うような形になっている。

エドマンドに紅茶を出しながら、アビゲイルは穏やかな口ぶりを心がける。

「リティク。人さがしのポスターですけれど、特段変なところは見当たらないわ。これをどこに貼るおつもりなの？」

「駅前で配ったり、パブに貼ってもらおうと思います。それから、職業案内所に」

「職業案内所？」

「はい。仲間たちは、とある案内所の紹介で炭鉱の求人を知ったようなんです。ビラを置いてもらうついでに、求人情報に怪しいところがなかったか、聞いておこうかと」

「移民に仕事を紹介するような場所があるのか」

エドマンドは、気のせいかつんけんしている。大事な顧客なので失礼がないようにしてもらいたいのに。アビゲイルが目配せするが、彼はおかまいなしだ。

リティクはとくだん嫌な顔もせず、すずやかに答えた。

「はい、あります。英国人も利用しているようですが。健康な体さえあれば、誰でも仕事を紹介してもらえると有名な案内所なんです。形式ばった紹介状も、身分を証明する書類も必要ないと」

「まともな紹介所ではないな」

「何がまともかは、人によるでしょう」

リティクは目を伏せ、くちびるのはしをすこしだけ上げた。

「申し訳ありません。私たちが会うのはいつも突然ですね。今回も婚約祝いをご用意できなかった」

「あなたから祝いの品を頂戴《ちょうだい》したいとは思っていない。国に帰れば安全な仕事があるのではないのか」

「エドマンド」

さすがに黙っていられず、アビゲイルは声をとがらせた。

「リティクはわたくしの大事な友人ですのよ。侮辱するような物言いはやめてくださいまし」

「侮辱だと、俺は心配してやってるんだぞ。俺がここにやってこなかったら、あなたはインドに拉致《らち》されそうになっていたんだ」

「なんてことをおっしゃるの。リティクはわたくしを心配して提案を……」

「ではこの男と共にインドへ行くというのか？」

アビゲイルは言葉をのみこんだ。すがるような瞳のリティクから、目をそらす。

「インドに興味がないわけではなくてよ。とてもすてきな場所だと思いますわ。でも、わたくしはしばらくロンドンでいいわ。ジェーンの事件を放っておいて、外国へなんて……まだここでやりたいこともありますし……そう、切り裂きジャックを見つければ、すべて解決ですわよ。あなたの疑いだって晴れますもの」

気弱になっている場合ではない。リティクのような人のためにも、ますます捜査に本腰を入れなくては。

「重要な決断になりますからね。気が変わったならいつでもお声がけください」

リティクは意外とあっさり引き下がった。アビゲイルはほっとする。

「それでは私は失礼します。ビラに問題もなかったようですし、こちらの紳士はあなたに用事があるようだ」

彼は腰をあげると、アビゲイルの手を取り、キスを落とした。

「ありがとう、アビゲイル。あなたはいつまでも私の光、私の恩人です」

蓮《はす》の香《か》をふわりとただよわせて、リティクは去っていった。彼のいた名残《なごり》が消えない。

アビゲイルはリティクのカップを片付ける。エドマンドは足を小刻みに踏み鳴らしていた。

「なにか不満があるならおっしゃったら」

「不満？　なにがだ」

「あんなふうにお客さまにかみついて。営業妨害ですわよ」

「営業妨害？　営業らしい営業もしていないくせによく言う」

「なんですって」

「聞いてみれば、マッチひとつで仕事を請《う》け負うそうじゃないか。自分の能力を安売りしすぎるのはどうかと思うぞ。だからあんな移民に頭を下げなきゃいけなくなるんだ」

「まっ……なんてことを……」

「あなたは商売が下手《へた》だ、アビゲイル。以前から思っていた。こんなところで危険な目に遭《あ》う前に、さっさとやめるか、経営手腕のしっかりしている人物に、この事業を託した方がいい」

「余計なお世話ですわよ」

「俺は忠告しているんだぞ。金儲けにこだわっていないなら、やり方はいろいろある。俺に任せてもらえれば、すぐにシティのこぎれいなオフィスを君のために借りてくることだってできる」

「先ほどのような口をきかれて、わたくしがそれを喜ぶと思って？　あなた、どうかしていらっしゃいますわ」

「どうかしているのは君の方だろう。ある意味さっきの男の言うとおりだぞ、アビゲイル。移民がなだれこんできて、どれほど治安が悪化したか！　切り裂きジャックなんてバカげた事件が起きるのも、移民がうんざりするほど法を犯して、このあたりを無法地帯にしたせいだ」

「たしかに悪さをする移民もおりますわ。でもだからといって、移民がすべて悪いだなんて考えは、短絡的にすぎるのではありません？　そんなことだから、あなたもジェーンにまんまと大事なものを盗まれるのではなくて」

「だれがまんまとだ」

「あなたですわよ」

アビゲイルが威嚇《いかく》するようにいーっと歯をむくと、エドマンドは「なんとはしたない」と肩をふるわせ、コートを手にした。

「帰る」

「そうですか。結局なにしにいらっしゃいましたの、あなた」

「バーミンガムに行くと言うつもりだったんだ。ジェーンがいた孤児院が特定できたんでな。あなたも一緒にどうかと誘いに来たんだが、やめた。俺の助けは必要ないだろう。あんなふうにこの街から連れ出してくれる男は、他にもいたわけだ」

「なにをおっしゃるの」

「いっそ婚約報道をされたのがあのインド人だったら、あなたはなにもためらわずにインドに行ったのかもな」

「ねえ、なにか勘違いしてるんじゃありません」

「勘違いもくそもあるか！」

怒鳴り声をあげたエドマンドが、ふっと振り返った。思った通り、ドアの前には家政婦たちが連なっていた。

「喧嘩よ」

「しかも嫉妬！」

「しょうがないわよ、リティクさんってすごくいい男じゃない。商売も成功してるみたいだし、お金持ちなんでしょう」

「アタシなら着の身着のままインドに行くわね」

「エドマンドはちょっと怒りっぽいしねえ。若いうちからあれじゃあ先が思いやられるわ」

「でも、あっちに行ったらゾウに乗って移動するのかしらね。それともラクダ？　身体を壊すほどうんと暑いっていうじゃない」

「なんでもいいわよ、いい男が一緒にいてくれるなら」

かしましくしゃべる家政婦たちを、エドマンドは順ぐりににらみつける。

「うるさいぞ！　そこ」

「きゃあ、怖い怖い」

エドマンドは肩で息をしている。気勢がそがれたのか、疲れきったような目でアビゲイルを見た。

「とにかく、俺はバーミンガムへ行く」

「ええ」

「怒鳴ってすまなかった。別に、本当に心配しただけだ。あなたの交友関係に口をさしはさむつもりもない。けれど覚えておけ、甘く見ているみたいだが、このあたりはいつなにが起こってもおかしくないほど荒《すさ》んでいるんだ。犬だけじゃどうにもできないぞ」

「あなたに言われなくたって、わかっておりますわ」

アビゲイルは、頭の中でピストルの位置を確認した。ハンドバッグに入れっぱなしで、ベッドの上に放り出している。

「そうか。それは悪かった。表向きなのか、一時的なのか知らんが、婚約者だろう。この関係が解消されるまでは、心配して当然だ。あなたがみすみす危険な目に遭うのを放っておいては、俺がなんと言われるかわからないからな」

早口でそう言うと、エドマンドは出ていこうとした。だが扉の前には見上げるほどの巨体がたちふさがっており、彼は気圧《けお》されて後ずさる。

「トーマス……」

「騒がしいので様子を見に参りました。困りますよ、フリートウッドさん。アビゲイルをおびえさせたりしたら。うちのおばさんたちが世話になっている大事なお隣さんですからね」

じろりと見下ろされ、エドマンドは口ごもった。

シャーベットとソルベが、エドマンドの足のまわりでまごついている。ただならぬ雰囲気を感じ取り、仲裁《ちゅうさい》に入ろうとしているのかもしれない。

しかしエドマンドは、すばやく自分を取り戻した。

「大変失礼した。意見の食い違いがあったもので。だが女性に対して怒鳴るべきではなかった。反省している」

アビゲイルの方を振り返り、エドマンドは言った。

「俺は少し頭を冷やした方がいいだろう。ひとりでバーミンガムへ行ってくる。あなたは、危ない場所にはひとりで出歩くべきではない。……相棒は、誰でも好きにするといいがな」

失礼、と彼はトーマスのわきをすりぬけていった。

「……何なんですの」

アビゲイルはぽつりとつぶやいた。

エドマンドは、振り返らずに階段を駆け下りていった。呼びかけてもけして立ち止まらなかっただろう。

「婚約者が、他の男にかっさらわれそうになったら、怒るのは当然だけどな」

トーマスの言葉に、アビゲイルは顔を上げた。

「でも、わたくしたちは……」

「そう世間に誤解させたままにしておいているだけだって？　しかし、リティクはどうだ？　君の婚約を知らないはずがないと思うが」

知らないどころか、祝いの品まで贈ると言っている。

「あのインド人は、駆け落ちしようと言っていたんだよ。婚約者のいる女性にそんな誘いをかけるなんて、ろくなものじゃない。俺でも止めるさ。フリートウッドさんは大事な友人のために怒ったんだ。もちろん、腹にすえかねる言葉もあったかもしれないけれど。寛大な心で許してやるんだね」

「トーマス」

エドマンドの発言はどうかと思うところもあったが、その部分だけは素直に受け取っておこうと思った。エドマンドはアビゲイルとわざわざもめる必要はない。感情をあらわにしたのは、彼なりの正義があったからだろう。

エドマンドにしてみれば、移民は得体《えたい》の知れないものなのだ。彼らひとりひとりについてよく知らないのだから、低俗な新聞が書く記事を鵜《う》呑《の》みにして、見えない恐怖に支配されるのも無理はない。

「みんながみんな、あんたみたいに頭が柔らかいわけじゃない、アビゲイル。商売を続けるなら、そういった者だってているってことをわかっておいたほうがいい」

「……そうかもしれないですわね。わたくしも、少しは頭を冷やした方がいいかもしれないですわ」

切り裂きジャックを夢中で追ってきたが、立ち止まることになってしまった。

今は別のことに意識を向けたほうがいいときなのかもしれない。

アビゲイルは、エドマンドの残したカップを片付けた。ハンドバッグをあけ、ずっしりとしたピストルを手に取り、弾がこめられているかを確認した。

深く息を吸いこみ、ゆっくりと吐き出した。

執務机の前に座り、ペンを執《と》る。

久々に、仕事以外の手紙を書くことにしたのである。

＊

エドマンド・フリートウッド様
この手紙をお読みになるころ、あなたはバーミンガムでしょうか。
同行できなかったことを残念に思います。

わたくしはあなたの思うほど、お人好《よ》しではございません。そしてどんな方でも相棒に選べるほど、器用でもありません。

たまたま婚約報道をされたのがあなただったから、あなたと行動を共にしようと思ったわけではありません。あなたの言葉が、行動が、わたくしと通じるものがあると思ったからです。

とはいえ、切り裂きジャックを捕まえて、有名になろうと思ったことは認めます。もっと思い切って言ってしまうと、あなたといるおかげで、恋文の代筆依頼が増えていることも。商売に関してはあなたの方が有能なのですから、わたくしのやり方を無謀に思われるのも当然でしょう。

真剣に書類を取り戻そうとしてるあなたからしたら、面白くないでしょうね。

あなたの気持ちを置いてきぼりにしてしまいました。

それでも、信じてください。わたくしはあなたと同じく、記録を大事に思う人間です。

シャーベットとソルベも待ちわびております。

そして、わたくしも。

きっとまた、オルコット商会をたずねてくださいね。

アビゲイル・オルコット

エドマンドは、便せんを折りたたみ、封筒にしまいこんだ。

出がけに受け取った、アビゲイルからの初めての手紙だった。返事はどうしようか迷ううちに、列車はエドマンドを運び、目的地に着いてしまった。

エドマンドは埃《ほこり》っぽい空を見上げた。ずらりと並び立つ工場の群れ。鉄鋼業が盛んなこの街は、あちこち機械工場であふれている。

ロンドンで職にあぶれた者たちが次々とここに流れ着き、日雇いの仕事を探している。

煙の重みで押しつぶされそうな、灰色の街。

バーミンガム。

イーストエンドに負けず劣らずの治安の悪さゆえに、ブラック・カントリーと呼ばれている街である。

身なりのいいエドマンドをうろんな目で見つめる輩、まとわりつく商売女をいなし、彼は駅にたむろする子どものひとりに金を渡し馬車を拾ってこさせた。馬は年老いてくたびれきっていたし、屋根はなく、座席は薄汚れたつぎはぎの布が敷き詰められているだけだったが、これ以上のものは望めそうにない。文句は言わなかった。

（アビゲイルに、なんと返事をしようか。しかし、返事がほしいとは書いていない。また

あの事務所にたずねてきてほしい、とはあったが)

あのわけのわからないインド人のおかげで、ふたりの関係には亀裂が生じた。べつに、書類を取り戻すのにアビゲイルを介す必要はない。このまま彼女を放っておいて、ジェーンの足取りを追うことだってできる。現にエドマンドはひとりでバーミンガムに来ているのだから。

それに、みずから動く必要はない。本職の探偵をやとって後はまかせればいい。こんなことは時間の無駄だ。以前のエドマンドなら間違いなくそうした。

なのに、どうして。

アビゲイルは、いつでもエドマンドの心を引っかき回す。

「お客さん、もうすぐですよ」

御者《ぎょしゃ》がかすれた声をあげた。

ジェーンが幼い頃暮らしていたという孤児院は、小高い丘の上にある。

しばしの間、馬車を走らせると、人どおりはどんどん少なくなり、のどかな風景が目につくようになった。家畜の鳴き声や川のせせらぎ。いまにも崩れそうな家々で、薄汚れたままの洗濯物がはためいている。

「あんた、『青い鴉《からす》』の人かね」

御者はしょぼしょぼとたずねる。

「なんだって？」

「青い鴉の人なら、持ってるんだろう。あれだよ」

御者は二本の指を口元にもっていく。エドマンドは首を横に振った。

「悪いが、たばこは持っていない」

「そうかね。着いたよ、ここがあんたの目的地だ」

たばこの持ち合わせがなかったぶん、ほんの少し心付けをはずんでやると、御者はそのあたりに馬車をとめ、エドマンドの帰りを待つと言った。

エドマンドは用心深くあたりを見回した。

レンガ造りの門は整えられ、壁はきれいに塗装されている。手入れされた薬草園もある。子どもたちは走り回っているが、どの子も靴を履《は》き、きちんと繕《つくろ》われた服を着ていた。先ほど街をうろついていた子どものほうが、よほど貧しそうである。

（想像していたよりも行き届いている様子だな）

黒いお仕着せを着た女が出てきて、エドマンドに挨拶《あいさつ》をした。

五十代半ばくらい、白髪の目立つ髪を丁寧《ていねい》にピンで留《と》め、キャップの中に押し込んでいる。太い眉は頑固そうに見えたが、垂れた瞳がその印象を和《やわ》らげていた。

「あなたがミス・バークレーですか」

「はい。院長をつとめております」

「ずいぶんきれいな場所なので驚きました。道すがらの光景が光景だったものでね」

「まあ……驚いたのは私の方。ロンドンから役者さんがいらっしゃったのかと思いましたわ」

ミス・バークレーは、エドマンドを見て、ひとつため息をついた。こういった反応をされるのは慣れている。生まれつきの恵まれた容姿をひきたてるよう、エドマンドはいつも服を仕立てるのだ。その後の取引をやりやすくするために。

「最近ですよ、ここまで環境がよくなったのは」

ミス・バークレーは孤児院とその施設を案内してくれた。

「先日まで、ここは教会が運営していた孤児院だったんです。でも予算不足で閉めざるをえなくなって……そんなとき、融資をしてくださる奇特な方がいらっしゃり、このように満足な運営ができるようになりました」

「ミス・バークレー」

エドマンドは慎重な口ぶりになった。

「ここに来たのは、私が雇用していた従業員に哀悼《あいとう》の意を表するためです。彼女がここでお世話になったとお聞きして……」

「ジェーンはかわいそうでしたね」

彼女は歩き出した。薬草園を抜けて、整えられた小道をゆく。草は丁寧に刈り取られ、砂利の大きさすら均一である。

「私も、最近になってあの子と再会できたばかりでした。ご存じかもしれませんが、あの子はおなかの子を亡くしているんです。ふたりもね。一度目の妊娠のときは、ここに帰ってこなかったけれど、さすがに二度目はこたえたのでしょう」

彼女の足取りに迷いはない。しばらく歩き、木立を抜けると、小さな墓石が連なる場所に出た。

「ここは、子どもたちの？」

「そうです。ジェーンの流れてしまった子もここに眠っています。彼女が弔《とむら》ってほしいと」

ミス・バークレーは墓石の前で祈りの言葉を唱えた。

エドマンドは眉間《みけん》に皺《しわ》を寄せた。

――多すぎる。

これほど多くの子どもたちが亡くなったのか。この孤児院で？

「失礼ですが、孤児院はいつから？」

「二十年ほど前ですね。以前は別の場所で運営しておりましたが、立ち退《の》きにあってこちらへ移ってきたんです。何度も閉院の危機に陥《おちい》りました。孤児は増えるいっぽうなのに、お金が勝手に増えるということはありませんから」

「そうでしょうね」

「ジェーンは、小さい頃はひどくやんちゃで手を焼かされました。喧嘩したり、ものを盗んだり、勉強をサボったりね。ロンドンで娼婦になったと聞いたときは、私も胸がつぶれそうになりました。どうにか立ち直ってくれたらいいと思っていた矢先だったのですが」

「お役に立てずに残念です」

手癖《てくせ》が悪かったとはいえ、ジェーンを放り出したのは自分だったのである。

「刑事さんがここにやってきて、いろいろと話をしていかれました。あなたにもご迷惑をおかけしたそうですね。そういった事情があるならばジェーンの解雇は当然のことでしたでしょう。――たばこを吸ってもかまいませんか？」

「どうぞ」

彼女は真新しい銀のシガレット・ケースを取り出した。マッチをこすり、たばこに火をつける。指先に挟んだたばこから、甘ったるい匂いがただよってくる。

彼女の手は荒れていた。赤と黄色のまだらに変色している。子どもたちの世話、孤児院の運営、そういった厄介事が重くのしかかっているのだろう。巣立った子どもたちとて、まっとうに生きてくれるかはわからない。

「おたばこはいかがですか」

彼女はケースから一本、たばこを抜き出し、エドマンドの方へ向ける。

「遠慮はなさらず、吸ってください」

「私はたばこを吸わないのです」

　エドマンドは非喫煙者である。ただでさえバーミンガムの空気は肺によくないというのに、これ以上煙いものを吸い込もうという気にはなれない。一度、気に入ったコートに父の吸っていたたばこの火が落ちて以来、毛嫌いするようになった。

「変わった匂いですね」

　こういったものを嗅《か》いだことがあると思った。水辺に浮かぶ花のような香り。

「レイヴンというたばこです。融資してくださった方からの差し入れ品なのですよ。香りが気に入ったのなら、お茶はいかがですか。うちでは子どもたちが眠る前に出しているんです。夜泣きをする子がぐんと減りましたわ」

「子どもたちはよく夜泣きを？」

「ええ。こういうのは伝染するようで、ひとり泣きだすと次々となんです」

　ミス・バークレーは額《ひたい》をおさえた。

「このところ、工場がうんと増えました。それから頭痛がするようになりましてね。悪いものが風にのって、ここまで流れてきているんでしょう。きっと子どもたちも、似たような苦しみを抱《かか》えているに違いありません。川の水はおぞましいほど汚くなりましたし、今に病気が流行《はや》るでしょう。建物はきれいにしましたが、ここは売り払って、スコットランドあたりに移りたいと思うときはありますわ。今なら買い手もつくでしょう」

ミス・バークレーのたばこの香りが、濃くなった。初めは甘くて良い匂いかと思ったが、だんだんと癖のある、まとわりつくような香りになってゆく。

「本当に、たばこはご入用じゃありませんの？　ひと箱ごとに二ペンスの寄付になりますわ」

「寄付になるというのなら、よろこんで購入しますよ。父にもこちらに伺《うかが》ったことを話したい。孤児院に出資しているという団体名を教えていただけますか」

エドマンドは如才《じょさい》なく笑った。

「慈善事業の団体で、青い鴉といいます。バーミンガムの支部のひとつとして、この孤児院も登録してもらいました」

たばこを揺らし、ミス・バークレーは薄茶の瞳を細めて言った。

レイヴン――青い鴉。

ジェーンの子どもの墓の前で、彼女は立ち止まった。

「あなたのお宅を解雇されてから、ジェーンはいっときまっとうな仕事につこうとしていたんです。できる限り力になってあげたかったので、ロンドンに親切な職業案内所があると紹介しました。私たちの孤児院に出資している団体と、同じ母体の支援団体が経営している案内所です。本当にそこへ向かったのかどうか……私も子どもたちの世話がありますから、ジェーンに付き添ってロンドンまで行くことはできなかったのです」

「興味深いですね。その職業案内所の名前をお伺いしてもよろしいでしょうか」

ミス・バークレーは不思議そうな顔をした。

まさかエドマンドが職探しをしているわけではあるまいと思っているのだろう。

「いえ、これからロンドンに戻るついでに、ジェーンの足取りを追ってみようかと思いまして。ジェーンが助言を聞いて実際に案内所をたずねていたならば、あなたにひとつ、良い報告ができるかもしれないでしょう」

「そうですね、ジェーンが素直な良い子になってくれていたのなら、育ての親としては救われる気持ちになりますもの」

ミス・バークレーはひそやかにその職業案内所の名を口にした。

――ネバーモア。

（二度はない……。再会することはない、か。皮肉なものだ）

エドマンドは、静かに墓地をながめた。たばこの煙が風に乗り、胸焼けのするような不快な臭《にお》いをただよわせた。

「ジェーンのわずかな遺品はここに送ってもらうように、刑事さんにお願いしました。引き取り手がいないんだそうですよ。かわいそうにね。せめて遺品だけでも自分の子と一緒に眠らせてやりたいと思いまして……あなたもあの子を哀れに思うなら、また会いに来てやってくださいな」

エドマンドはうなずいたが、自分はもうここには来ないだろうと思った。ジェーンとて、エドマンドの顔など見たくもないだろう。

＊

待合室には、多くの男女がひしめきあっていた。求人情報が貼られた掲示板の前にも人が連なっているので、肝心の貼り紙が見えやしない。

職員が本日の受付はしめきったと言うと、何人かはあきらめて出ていった。

アビゲイルは椅子に座っていたが、あきらかに足取りのおぼつかない年配者に席を譲った。

「お嬢さん、どうもありがとうね」

彼のポケットから小さな箱がこぼれ落ちる。

「落とし物ですわよ」

アビゲイルがそれを拾いあげた。小箱の包み紙は目の覚めるようなブルー。羽を広げた黒いカラスのシルエットが描かれている。

この箱――どこかで。

老人はそれを受け取った。彼のしわがれた手は、赤と黄色に変色し、まだらになっている。彼は腰をかばって、ゆっくりと椅子に座った。

こんなに歳をとって、体も壊しているのに、彼はまだ働かなくてはならないのだ。

「クレア――クレア・ライトさん」

「はい」

そうだ、これはわたくしの名前だ。

適当につけた偽名なので、反応が遅れた。

「こんにちは。ネバーモアへようこそ。担当のアリス・エザリントンです。本日はどんなお仕事を探しにいらっしゃいましたの？」

職業案内所の職員、アリスはにこやかな笑みを浮かべていた。きっちりと結い上げた髪に、しみひとつない薄いブルーのブラウス。広がった白のスカートは、腰の細さを強調するようなデザインだ。青い瞳は海のように濃く、目を奪われそうになる。

「初めて来たのですけど、ずいぶんと盛況ですのね」

アビゲイルはふかふかの椅子に腰を下ろした。

面談室は個室で、けして広くはなかったが、趣味のいい椅子とテーブルが置いてある。

「みなさん、噂を聞きつけていらしたのでしょう。ネバーモアはあなたに一生ものお仕事を紹介します。あなたの適性を見極め、必ず天職と出合わせます。利用者がここに来ることは二度とない――そういった意味で、ネバーモアと名付けられたのです」

「ここは、紹介状がなくても次の仕事を見つけられると聞きましたわ」

「ええ、もちろん。紹介状にこだわるなんて、慣習から抜けきれない人たちです。紹介状はいかようにも書けてしまいますからね。たいした働きをしていない人でも主人に気に入られれば忠僕のように、一生懸命働いていても、主人がなんとなく気に入らなければいかにも使えない人のように……紹介状は主観が強すぎる。いくらでも脚色できてしまいますわ。そういった不確かな要素を重要視して採用するのは、すでに時代遅れとなっています。あなたが時代遅れの職場をお望みなら大事な要素にはなってしまいますが——ロンドンに仕事はたくさんありますから、悲観する必要はないかと」

アリスはロングランの芝居の名台詞《めいぜりふ》をそらんじるかのように、すらすらと述べた。

紹介状は、貴族のお屋敷で働くならほぼ確実に必要である。メイドは、女性がつけるまっとうな仕事の中でも人気が高い。給料も安定しているし、身元も保証してもらえる。名の知れたお屋敷でメイドをしていると言えば、きちんとした子だという触れ込みで紹介してもらえるから、結婚は安泰《あんたい》だという子もいる。

古くさくて時代遅れだと一蹴《いっしゅう》してしまえるのは、かなり思い切りのいい意見である。

アリスはあらたまったようにたずねた。

「紹介状を書いていただけなかったんですか?」

「そうなのです。以前の雇い主とトラブルになってしまいまして」

「とくだんめずらしくもないことです。気を落とされないで」

どうしてトラブルが起きたのかを、アリスはたずねなかった。そういう主義なのかもしれない。客の事情に踏み込みすぎない。ここに来るのはわけありの人物ばかりなので、割り切ったさばき方をしているのだろう。

「クレアさんはまだお若いし——それに何より、おきれいですわ。見た目だけじゃなくて字も。まるで教科書のお手本のように書かれるのね。ご自身でお書きになったんでしょう」

「家庭教師が厳しかったものですから」

「家庭教師がついていたということは、それなりのお宅で過ごされたのね」

「昔は、我が家も裕福でしたわ。でも父が事業に失敗して、家族はちりぢりになってしまいました。母は田舎の療養所におりまして、少しでも実入りのいい仕事をして仕送りをしてやりたいのです」

これが、アビゲイルがでっちあげたクレア・ライトにまつわる設定だった。少し自分と似ている境遇にしたので、ぼろは出にくいはずである。

「お気の毒に。給与に関しては、私たちからできるだけ交渉してみることもできます。クレアさんのようなきちんとした方を紹介するなら、当然のことです」

アビゲイルは事務所の中に視線をやった。待合室でも、ここでも、リティクの作ったポスターは見当たらなかった。たしかにこの事務所に持っていったと聞いたはずなのだが。

切り裂きジャック事件の捜査が手詰まりになっている今、アビゲイルはもうひとつの気がかりを調べてみることにしたのである。消えたインド人——リティクの友人たちについて。

彼の行方不明の友人は、ネバーモアで仕事を紹介されたのだという。

（もしかしたら、行方不明者の手掛かり以外にも、何かここで大きなヒントが見つかるかもしれませんわ）

ジェーンも紹介状を欲《ほっ》していた。それが手に入らないのなら、別の手段で仕事を探そうとするだろう。この職業案内所をたずねていたとしてもおかしくはない。

「秘書はどうですか？　興味ありませんこと？　最近は募集しているところがたくさんあります。それか家庭教師——なにかご希望は？」

「わたくし、こだわりはありませんの。でもひとつだけ、譲れない条件がありますのよ」

「なんでしょう」

アビゲイルは背すじを正した。

「最近、とにかく物騒でしょう。物盗《と》りだの、殺人だの……。夜遅くに仕事を終えて、自宅まで帰りたくないの。できたら住み込みで働かせてくれるところがいいのですわ」

アリスは神経質そうに、頬の筋肉を少しだけひくつかせた。

住み込みこそ、紹介状がきいてくる。早く言えと言いたかったのだろう。

「私もここで働いて、日が暮れてから帰りますわ、クレアさん。意外と大丈夫ですよ。世間で言うほどこの町は物騒ではないと思っていますわ」

「そうかしら。先日も切り裂きジャックが――」

「世の動きに敏感でいらっしゃるのね。新聞をよくお読みになっている証拠だわ。きっと新しい職場でもあなたの能力が生かされるはずね」

アリスは、アビゲイルの言葉を無理やり断ち切った。

「私は、パブの上に部屋を借りているんです。帰るときはいつも同僚と一緒で、そこで一杯飲んでから帰ることにしています。そうしたら誰かに必ず送ってもらえるでしょう。住み込みの職場が見つからなければ、引っ越しすることも念頭に入れた方がよろしいですよ。切り裂きジャックなんて、ほんのいっときの騒ぎに過ぎないのですから」

アリスは候補の職場の情報を書きつけている。

アビゲイルはそれを注意深く見守っていた。

彼女の経歴書と求人リストを慎重に見比べたアリスは、黒いインクをしみこませたペンで、正確に文字を綴《つづ》っていく。

「そうですか。では、次の仕事によっては引っ越しをいたしますわ。イーストエンドより遠くても、治安の良い場所で仕事ができそうなら、候補に入れていただきたいわ」

「わかりました。雇い主の国籍にこだわります？」

「特にこだわりはありませんわ」

「助かります。どうしても英国人としか仕事をしたくないという方はたくさんいますから。そうすると紹介できる仕事はうんと少なくなってしまいますので」

「ところで、ここに来るのは、英国人だけというわけではないですわよね。待合室でさまざまな方を見かけましたもの」

どちらかといえば、生粋《きっすい》の英国人よりも移民が多かった。仕事にあぶれた者たちの最後の受け皿――このネバーモアが、そう呼ばれているのは知っている。

「最近はその傾向がありますね」

「インド人の知り合いが、こちらで仕事を紹介してもらったというの。その人から聞いて、私ここに来たのよ」

アビゲイルは、アリスの表情を窺《うかが》った。彼女は求人情報をまとめたノートに目を落としていて、こちらを見もしない。

「――紹介先の居心地がいいのか、契約期間が終わってもまだロンドンに戻らないようなのですけれど」

「申し訳ないですが、以前に仕事を紹介した方のことを、私はよくおぼえていないのです。なにしろまたここで会うのは、ネバーモアなわけだから」

アリスは、求人情報を書き写してくれた。アビゲイルが面接を希望すれば、約束を取り付けてくれるという。

「一度家に帰ってじっくり考えますわ。なんだか本当に引っ越しをした方がいいように思えてきたから、そのこともふまえてね」

幸運を――温度のない声音で、アリスはそう言った。

＊

「これで最後にしてくださいよ、アビゲイルさん！」

ニコラスはきょろきょろと視線を動かし、小声でささやいた。

「こんなこと、ロンドン警視庁の方々にばれたら」

「あなただってロンドン警視庁の一員でしょう、ニコラス。エドマンドの調査だってそれを証明してましたでしょ」

「勘弁してくださいよ。ただでさえエドマンドさんとのいざこざで、僕は上からかなりしぼられちゃったんですから」

ぶらぶらと巡回にやってきたニコラスに頼み込み、証拠品をひとつ、持ってきてもらったのだ。

第一発見者となったマシュー・ヘイルに届いた手紙。差出人はジェーン・ブラウン。

「だれがこれを書いたのか。すべてはそれにかかっていると思いますの」

マシューはため息をついた。

「さんざん調べましたよ。どこで購入された便せんなのか、どんなインクを使っているのか、こと細かくね。便せんはロンドン市内だけでも同じ品を扱っている雑貨店が二百以上にのぼります。過去にさかのぼって捜そうとしても、購入者を特定しようがありません。インクも同じ。切手に貼られたスタンプはかすれて読めないときている」

アビゲイルは慎重にびんせんをひらいて、文字を追った。

マシューへ

この間は悪かったわ
あなたに謝らなくちゃいけないことがあるの
ハイ・ストリートの「黒鳥《こくちょう》」というパブを知っている？　その脇の小道をたどってきて
日付が変わる頃、広場で待っているから

ジェーン

「似ていますわね」

アビゲイルは目を細めた。ニコラスはわけがわからないといった顔をしている。

「似ているって？」

「わたくしの書いた手紙の字に」

アビゲイルは、代筆した手紙を書くときに必ず字に手を加えている。手本のように整いすぎている字はかえって不自然になるので、いくつものパターンの崩し字や癖字を使い分けて、読みやすさ、美しさを損《そこ》なわない程度にアレンジしているのだ。

どのような字にするかは顧客の性格や手紙の種類によって変える。ビジネスの手紙ならばきっちりとした印象が伝わるようにするし、恋文ならば送る相手の好みに合わせる。

ジェーンの手紙は――マシューに送るためにかつてアビゲイルが代筆した二枚の手紙は、どちらもマシュー宛だ。

「わたくしがジェーン・ブラウンの依頼でマシュー宛に書いた手紙の字と、よく似ているのです」

アビゲイルが恋文を代筆するとき、彼女なりのひとつの決まりがある。

送る相手の字のくせをまねることだ。

人は共通点があると好感を抱きやすい。手紙の内容はもちろんのこと、便せん・封筒の趣味やインクの色、そして字の癖の一部を相手に沿ったものにする。私とあなたは似ている——文章で示すより、演出で伝える方が心を打つことがある。

マシューの字はいつもひと文字目が大きかった。

「この手紙も、ひと文字目は他の字よりも大きく書かれています」

「アビゲイルさんが代筆した手紙をどこかから手に入れて、そっくりまねたということでしょうか」

「だとしたらかなり手慣れていますわね」

同業者——いえ、日常的に字を書く——それも他人のために字を書くことを生業《なりわい》とする人物。

「……いえ、でも、同業者ではないわね」

アビゲイルは便せんを見つめて、言った。

「どういうことですか？」

「便せんとインクの相性が悪いのですわ。ほら、にじんでいる箇所があるでしょう。わたくしならば、この便せんを選んだのならば違うインクを使いますわ」

「それは、アビゲイルさんは手紙に関しては本職ですからね。便せんはたしかに高級品の棚に置いてあるような品でしたよ。でも、インクはよく使われている……それこそ、うちの事務員も使ってるような、ありふれた品と同じものだろうと、報告を受けています」

「廉価品《れんかひん》はにじみやすいですわ」

アビゲイルは、じっと手紙を見つめた。けして彼女が選ばない、にじみやすい黒のインク。この手紙を書いた人物は、便せんとインクの相性には意識が及ばなかった。文字のにじみに気がついたが、手紙を書き直すこともしなかった。

素早くて、そつがないが、ときに強引にものごとを進めようとする性格だ。

ニコラスに証拠品を返し、アビゲイルは事務所でひとり、目を閉じた。

クルー社の家政婦たちのにぎやかな声が聞こえてくる。ニコラスはそちらでお茶をごちそうになっているのかもしれない。アビゲイルも淹れてあげたのに、何杯お茶を飲む気なのだろう。

ドアノッカーが叩かれた。几帳面《きちょうめん》に二度。たしかめなくてもわかる。

エドマンドである。

リティクのことを気にしているのか、彼は注意深くたずねた。アビゲイルは首を横にふった。

「他に客人は？」

接客中の札をかけて、彼を部屋に招き入れる。この札はエドマンドがバーミンガムへ向かってから作ったものだ。

ニコラスとエドマンドが鉢合《はちあ》わせなくてよかったと思う。エドマンドは未《いま》だに誤認逮捕をにがにがしく思っている。嫌味を言って彼をいじめたおすはずだ。

「……アビゲイル。先日のことだが」

エドマンドはなにかを言おうとしたが、アビゲイルはさえぎった。

「わたくしね」

新しい茶葉を取り出し、たっぷりとポットの中へ入れる。

「先日のことは、わたくしなりに反省いたしましてよ。あの……リティクに誘われている意味が、わかっていなかったものですから」

「人の心の機微《きび》がわからなければ、この商売はつとまらないはずだが」

エドマンドはちくりと言った。どうやら機嫌はまだ直っていないようである。

「手紙のやりとりは慣れておりますけれど、実際のわたくしはそうでもありませんの。ペンを介さなければ、演じることはできないのですわ」

「これも芝居だと？」

エドマンドは、ポケットから封筒を取り出した。アビゲイルが選んだ封筒は暗い青色で、グレーの飾り線が入っている。封蠟《ふうろう》は犬と手紙の柄で、アビゲイルが個人的にやりとりする手紙――家族や友人宛にしか押さないものだ。

銀の罫線《けいせん》入りの便せんには、アビゲイルの素直な気持ちが書いてある。

「芝居ではありませんわね。あなた宛にしたものは、強《し》いていうならお酒かしら。もしくは我が家のティプシーケーキ」

オルコット家のレシピは、スポンジケーキにシェリー酒をたっぷりしみこませ、クレーム・アングレーズをかけて食べる。家によって使う酒の種類や量はまちまちだ。この酩酊《めいてい》するようなケーキは、子どもの頃あまりたっぷりは与えてもらえなかった。

エドマンドは、わけがわからないといった顔をしている。

気持ちをくちびるから出すときは、鋭利に伝わりすぎてしまう。

だからアビゲイルは、大事なことはペンを介す。スポンジケーキがどんなに熱いお酒でもすいこんでしまうように。そのほうが、優しく伝わる気がする。

「心を開いて、正直な気持ちを伝えられるようにと願いをこめましたわ。わたくしの想いは通じたかしら」

「……どうかな」

エドマンドは紅茶に手を伸ばした。

「ここに、あなたの家のティプシーケーキがあれば、俺も返事を出したかもしれない」

「ならば、シェリー酒を買ってこないといけませんわね」

彼はくちびるのはしを上げた。張りつめた空気が、心地よく弛緩《しかん》していくのを感じた。

「バーミンガムはいかがでした？」

食品貯蔵庫にはキャロットケーキがある。アビゲイルはそれを取り出し、ほどよき場所にナイフの刃を入れた。

「ジェーンのいた孤児院はずいぶんうるおっているようだった。孤児院はもともと教会が運営していたが、経営破綻《はたん》しかけたところをとある団体が資金提供したらしい。孤児院もそばに建つ教会も、ついでに言うなら墓地も整備されていた。彼女の遺品はそこに埋葬されるようだ」

お茶を運ぶと、エドマンドは懐《ふところ》から小さな箱を取り出した。

「それは？」

「たばこだ。レイヴンという」

シャーベットとソルベが、そわそわと立ち上がった。

アビゲイルは注意深くそれを手に取った。

「これは……」

「覚えがあるか」

「ジェーンが吸っていたのと同じものですわ。匂いが独特で。一度この部屋でも吸っていたことがあるんです」

犬たちに目をやり、アビゲイルはたばこを鼻に近づけた。

「あのときも、二匹とも同じように落ち着かなくなりましたわ」

「犬と人は違うのかな。孤児院の責任者であるミス・バークレーは、これを吸うと落ち着くようだったが。子どもたちにもよく眠れるからと言って、同じ香りの薬草茶を出しているそうだ。『青い鴉』という慈善団体が販売しているものらしい。売り上げの一部は恵まれない子どもたちに寄付される仕組みで、一般に流通はしていない。団体の支部で購入するか、特別に販売される催し物で、わずかな品が卸《おろ》される程度だそうだ」

アビゲイルの手からたばこを取り上げ、エドマンドは箱にしまいこんだ。ひもをかけ、わずかな隙間《すきま》も空《あ》かないようにする。

「俺はこの匂いは苦手でね」

「青い鴉……」

カラス。レイヴン。どこかで。

一度目はジェーンが持っていたたばこ。ボランティア団体がつくっているたばこだと言っていた。

二度目は……そう、ネバーモアで。老人が同じ箱を落とした。

「エドマンド。その団体……青い鴉と言いましたわね。ロンドンに拠点はあって？」

「探したよ。気味が悪いほどつかめない。青い鴉と名乗りながら、その名を冠した事務所の一つも見つからない。慈善団体ならば、その存在を秘匿《ひとく》することに意味がない」

エドマンドは言葉を切った。

「ミス・バークレーから聞いた情報では、職業案内所がひとつ、青い鴉の団体の管轄下にあるそうだ」

「まさか、ネバーモアではなくて？」

「なぜ知っている」

アビゲイルは立ち上がり、書き物机の引き出しをあけた。

アビゲイルの日々の記録の残し方はしごく単純だ。いくつものメモや気になった新聞雑誌の切り抜きを、日付順にきちんと貼り付けて保管している。その日なにがあったかの記憶のつながりを重視して、あえて内容を分類しない。収支の内訳を書いたものだけは別だが。

顧客から得た小さな情報が、いつか手紙を書くときに役に立つこともあるので、アビゲイルはまめに記録をとるのだ。

ジェーンが最後にたずねてきた日から、記録をさかのぼる。

甘い匂い。ジェーンの吸っていた支給品のたばこ。

メイドのソフィアはジェーンにお金を貸していた。

元夫のビル・ヒルいわく、流れてしまったというジェーンの子ども。

収監されているマシューは、ジェーンに恋文《こいぶみ》を奪われている。

エドマンドがこっそり見たという彼女の遺体の写真。ジェーンには錐《きり》のような凶器が使われていた。

（そして、ジェーンは仕事を探していた。バーミンガムに埋葬された我が子のために）

机の引き出しをあけた。エドマンドがいつかくれた慈善団体のチラシを取り出す。

『あなたにできる仕事がある。一生モノの天職をお約束します。――ネバーモア』

『たばこ・紅茶　無償でお渡しします。ほっとしたくなったら火曜十時より　ジョージ・イン正面のパブにて　青い鴉』

アビゲイルは最近の記録に指さきを置いた。

消えたインド人。彼らのことを探りに行った日、ネバーモアで受け取ったメモ。

黒いインクで、お手本のように整った字が綴られているが、ひと文字目は力が入りすぎたのか、わずかににじんでいる。

紹介状にこだわるのは慣習の抜けきれない人たち――そう、ここは新しい時代の職業案内所だ。

「ネバーモア……」

「やっぱり」

「なにかわかったのか」

エドマンドはケーキにも紅茶にも手をつけていない。アビゲイルの目を見て、彼女の次の言葉を待っている。

「あなたのおかげですわ、エドマンド。それですべてがつながりました。わたくしは、カラスが降り立つ瞬間を、ずっと待っていたのですわ」

アビゲイルはノートを持つ手に力をこめたが、エドマンドはわけがわからないと言いたげに、二度まばたきをしただけだった。

第四章　令嬢VS切り裂きジャック

アビゲイルは漆黒《しっこく》のパラソルを少し上げ、視界をひろくとった。

おそらく、やってくるだろう。もしアビゲイルが思ったとおりの人物が犯人ならば――彼女の書いた手紙を持って。

シャーベットとソルベが、そろって顔を上げた。アビゲイルは口をひらく。

「お呼び立てして申し訳ありませんわね、アリス」

アリス・エザリントンは、アビゲイルをじっと見つめていた。

「あなたがいたずらをするような人だとは思わなかったわ」

「失礼いたしましたわ。でも、あくまであなたの疑いを晴らすため。といっても今回は、あなたに晴らすことができれば、ですが」

「なにがあくまで、よ。こんな薄気味の悪いところに人を呼び出して……」

アビゲイルは傘をたたみ、レースの手袋で包まれた手を組んだ。

アリスは目の覚めるような青いコートを羽織っている。そのポケットから手紙を取り出した。

この間は悪かったわ
あなたに謝らなくちゃいけないことがあるの
ハイ・ストリートの「黒鳥《こくちょう》」というパブを知っている？　その脇の小道をたどってきて

広場で待っているから

　マシューが受け取った手紙と一語一句たがわぬ文面。同じ便せんに同じ封筒、同じインク。文字の癖《くせ》すら、そっくりにまねた。

「これを私に寄越《よこ》したのは、あなたなのね」

　アビゲイルはうなずいた。

「あなた、クレア・ライトじゃないわね。書類に書かれた住所はただの空き家だったわ」

「さようですわ。申し訳ございません」

「困りますね。嘘の情報を書かれては。あなたがきちんとした方だと紹介できなくなる」

「その前に、はっきりさせたいことがございます。ジェーン・ブラウンを殺したのは、あなたなのですか？　アリス」

「ジェーンって誰？　なんのお話なのか、まったく見当もつきませんが」

「見当もつかないのなら、わたくしからの手紙は無視したはずです。でもあなたはここへ来た。手紙を送ってきた人物が、あなたの罪についてすべてを知っていると思ったから。それをたしかめるためにね」

　アビゲイルはハンドバッグの留《と》め金《がね》を外した。ピストルに触れたが、その隣の箱に手を伸ばした。

レイヴン。ジェーンの愛飲していたたばこだ。

アリスは表情を変えなかった。さえざえとしてさえいる。

「ネバーモア。青い鴉《からす》。このふたつの団体はつながっているか、あるいは同じ団体なのかもしれませんね。エドガー・アラン・ポーをご存じ？　わたくしもよく読みますの。きっとあなたのボスも、同じご趣味なのではないのかしら。イヴニング・ミラー誌に掲載された詩に『大鴉《ザ・レイヴン》』というものがございますわ。人に名をたずねられた鴉は『ネバーモア』と答える……二度はない、とね。あなたがたの団体はイングランド中に広まっていて、誰もがメンバーのすべてを把握しているわけではないのかもしれません。ですから仲間のいる場所を探り当てる隠喩《いんゆ》が必要でした。つまり、符丁《ふちょう》が。それがカラスを連想させる言葉だったのです。ネバーモアは、行き場のない労働者たちの救済場所であると同時に、青い鴉の重要拠点をあらわす名前でもあった。――正直に自分のなさったことを告白するつもりはないのですか？　アリス・エザリントン」

「だから、いったいなんの――」

「よろしいですわ。では、わたくしからお話ししましょう。わかりやすいように、順序だててね。ジェーンが生存していたときから始めましょうか。ジェーンはおなかの子をきっかけにメイドをクビになりました。その後流産します。仕事も子も失い、別れた夫とよりを戻そうとしますが、再婚してもらえなかった。彼女は生まれ育ったバーミンガムに向かいました。子の追悼《ついとう》と、おそらく自分を見つめ直すために。バーミンガムの孤児院は、ジェーンをあたたかく迎え入れた。流れた子を悼《いた》み、彼女をはげますために心が落ち着くというたばこやお茶を提供したことでしょう。そして、彼女は気を持ち直し、ロンドンに戻ります」

ミス・バークレーは当然、ジェーンが再び娼婦になることをよしとはしなかっただろう。まっとうな仕事につくように説得したはずだ。しかし、一度ロンドンに戻ったものの、素行不良な彼女にはなかなか希望の仕事は見つからなかった。

「悩んだジェーンは、ふたたび孤児院に相談します。ミス・バークレーは傷ついたジェーンに優しくアドバイスをしました。今は紹介状がなくとも仕事を斡旋《あっせん》してくれるところはたくさんある、孤児院に出資してくれた『青い鴉』が運営しているネバーモアへ行くといい、きっと事情を話せば力になってくれるはずだと」

「思い出したわ。ジェーン・ブラウンって、切り裂きジャックの被害者になった子よね」

「ええ。きっとあなたのところに来たはずですわよ、アリス。でも、あなたに仕事を紹介してもらう以外にも、用事があってたずねてきたのです。ジェーンは符丁を知っていた。あるものを求めて、あなたのところに通っていた。ジェーンとあなたはけして『ネバーモア』ではなかった。ジェーンにはお金が必要でしたわ。子どもがいなくなって、その日の宿もなくとも、彼女を支えるために必要なものがあった。これです」

アビゲイルは小さな箱――レイヴンのパッケージをかかげた。

「麻薬のたっぷり入った、危険なたばこですわ」

「それが私となんの関係があるのかしら」

「インド人が幾人か行方《ゆくえ》不明になっている。あなたが紹介した仕事先に行ってね。担当者はこのように応じています。そんな奴らははじめから来ていない――本当かしら。ならばなぜ彼らは戻ってこないのかしら」

「今度はインド人？　クレア――いいえ、クレアではないのかしら――もう誰だっていいわね。あなたの妄想にかまってる暇《ひま》なんてないの」

「おそらく彼らはレイヴンを常用していた。もうこの世の人ではないのでしょう。でも彼らの遺体を見られるわけにはいかなかった。あなたは秘密裏に彼らを処分した。レイヴンを摂取《せっしゅ》し続ければ、体中に斑点《はんてん》が出るのではありませんか？」

アリスは静かにアビゲイルを見つめた。

アビゲイルを訪ねてきたジェーンの手は荒れていた。はじめは、フリートウッド家で担当していた水仕事のせいだと思っていた。

エドマンドによれば、ミス・バークレーの手にも似たような斑点があった。ふたりの共通点はレイヴンだ。

ジェーンの渡したたばこを吸っていた同僚のソフィアが頭痛を訴えていたこと。あれはジェーンが頭の痛くなるような状況を作り出したせいではなく、レイヴンの副作用かもしれない。ミス・バークレーも頭痛を訴えていた。

「わたくしの知り合いの警察官にレイヴンを渡しました。分析の結果を聞くまでもないでしょうが、これはじわじわと体をむしばむ毒物ですわ。あなたはネバーモアでじっくり見極めていたのでしょう。履歴書で当たりをつけ、求職者と面談し、行方不明になった場合、家族が訴えてくるような人は除外した。ジェーンは孤児だし、インド人たちは故郷に家族がいても、海を渡ってまで遺体を見せて欲しいと言ってくる者は現れないと思ったのでしょう」

「なにが言いたいの」

「レイヴンは使用者に多幸感をもたらしますが、同時に強い副作用をともなう。あなたがたはちょうどいい塩梅《あんばい》をつかむために、人体実験をしていた」

たばこに、お茶に。さまざまに形を変えて。バーミンガムの孤児院も、彼らにとっては実験場だった。孤児がいくら死んだところで、気にとめる人間は誰もいない。

「ただ、この実験が早い段階で明るみに出れば、計画は潰《つい》えてしまう可能性があります。薬を表に出すときは、確実な取引先を確保してからです」

「……」

「精神を安定させる薬は安全性さえ保証されれば、大きな戦争を迎えたときに需要が見込めます。戦地ではこういっただましだましでも、兵士たちを奮《ふる》いたたせられる品は役に立ちそうですもの。また、副作用の恐れがどうしてもぬぐえないのなら、これを狙った国に行き渡らせ、二度目のアヘン戦争を仕掛けてもいい。あなたはこの麻薬を買ってくれそうな大口取引先を探していたのですわ。だからジェーンに、書類を持ってこさせたのです。フリートウッド家の当主は陸軍で重要なポストについています。軍の関係者の名簿や、フリートウッド伯爵個人の情報、とにかくなんでもいい。脅迫につかえるものでも。伯爵を交渉のテーブルにつかせられる情報をです。ただ、ジェーンは文字が読めないので、手当たり次第になってしまいましたけど。ジェーンはあなたの言いなりだった。レイヴンをずいぶんと融通《ゆうずう》したのでしょう。融通しすぎたのかもしれないですわね」

　アビゲイルは、アリスに歩み寄った。

「あの子はまっとうに生きようとしていました。おそらく、流れてしまった子のために。金品を盗まずに紙だけを盗んだのは、彼女なりの善悪の線引きだったのでしょう」

　アビゲイルがジェーンを泊めようとしたあの夜、彼女は断った。

　ジェーンは小さな陶器の置物ひとつ、アビゲイルの事務所から盗み出してはいない。

　あのとき、彼女は決めていたのだろう。次こそ人生を変えてみせると。

　弱気になった心を薬で奮いたたせていた。

「あなたは彼女の弱みにつけこみ、利用した。ジェーンは切り裂きジャックに殺されたのではありません。あなたの渡したレイヴンの過剰摂取《かじょう》で死んだのです」

「なにを証拠に」

「証拠はありますわ。マシューを呼び出した手紙です。わたくしの代筆の字とそっくりに書いたもの。あなたはインクまでは気が回らなかった。普通の人なら、誰もインクなんて気にしないと思ったのでしょう。ネバーモアで使っていた廉価《れんか》なインクを使って手紙を書いた。わたくしに寄越《よこ》したメモも、経歴書に書かれていたわたくしの字とよく似た筆跡で、おそらく同じインクを使って書かれています。水っぽく、にじみやすい品です。わたくしなら、誰に宛てる手紙であろうと、このインクは選びません」

「……」

「あなたはネバーモアで、実験対象となった人物をだますこともしょっちゅうでした。中毒者を始末するためにひと気《け》のないところに呼び出したり、嘘の求人情報を渡して、仕事へ向かった彼らを人知れず処分しようとする。そのときは文書を介して、他人のふりをしたのでしょう。あなたと求職者が再会することは、表向きは「ネバーモア」なのですから。そのほうがあなたにとっても危険が少なかった。自分の痕跡を残さないようにするために一番簡単なのは、だれかとそっくり同じ筆跡にしてしまうことです」

　だます相手が文字を読めなかった場合、アビゲイルのような代理人がその手紙を目にするだろう。文字から自身をたどれないよう、アリスは細心の注意を払っていた。

そう言ってアビゲイルは手紙を取り出した。警察に押収された証拠品だ。

アリスが持っているものとぴったり重なってもおかしくない。正確な仕上がりである。

「しかし、長いことこれを続けていると、ときに危険なこともありますわ。自分の筆跡がわからなくなってしまうことです。わたくしはそれがおそろしくて、どんなにたくさんの手紙を代筆しても、個人的な手紙を書くことを欠かしたりはしませんの」

「……」

アリスは、アビゲイルの字をそっくりまねた。わざとではない。もはや自分の字がどういった形をしていたのか、思い出せなかったのだ。

「ジェーンは夫と別れて、友達もいない。死んだところで、気にする人は誰もいないと思っていた。だからレイヴンを融通していたんです。でも誤算があった。マシューです。彼はジェーンに執着していました」

ジェーンと結婚したがっている男の存在は、アリスにとって脅威《きょうい》だっただろう。

「わたくしはジェーンのために二通の手紙を代筆しました。どちらもマシューに宛てたものです。ジェーンの体がレイヴンの副作用に耐えきれないかもしれないと思ったとき、あなたが真っ先に気にしたのはマシューでした。ジェーンの人間関係を調べたあなたは、彼だけが彼女の死因にこだわりそうだと思ったのです。あなたはジェーンに言って、手紙を奪ってこさせた――理由はなんでもいいですわね、次の就職先で不利にならないように、過去を清算してきなさいと言ったのかもしれない。手紙は娼婦をしていたなによりの証拠になるからと。あなたは目的の手紙を手にした」

そして、その手紙の字そっくりに呼び出しの手紙を書いた。

不都合な人物をわなにはめるために。

「ジェーンに大量のレイヴンを盛ったあなたは、広場で待つように言いました。薬をまた融通してあげるから、ひと気《け》のないところで待つように。ジェーンは広場に行って、柵をしめ、木樽《きだる》に座ってよりかかった。そうしてそのまま亡くなったのです。ジェーンはすでに薬に耐えきれる体ではありませんでした」

「ばかみたい。それじゃあ、ジェーンはなぜ体をずたずたにされていたの?」

「カラスですわ」

アビゲイルはゆっくりと言った。

「レイヴン――カラス――あなたはそれを使った。このアパートの住人は、ジェーンが死んだ夜からカラスの被害に悩まされています。カラスはここでよほどおいしいものをついばんだのでしょうね」

ジェーンの体をずたずたにしたのは切り裂きジャックの刃物ではない。

カラスのくちばしだ。

カラスの大群が、彼女の遺体を傷つけた。目玉をくりぬき、喉《のど》を裂いた。人がこの広場に出入りすれば大げさなほど柵の開閉音が響くが、空からやってくるカラスは音もなく侵入することができる。たとえ鳴き声や羽音が騒がしかったとしても、それが殺人と結びつけられることはない。

真夜中になれば、あたりはいちめん闇となり、カラスが何をしているかは見えない。

「切り裂きジャックに罪をなすりつけるため、そして遺体を傷つけてレイヴンによる死因をごまかすため、あなたは鴉を使ってジェーンの遺体を無残にも傷つけたのです」

「……」

「なにより、あなた臭《にお》いますわ。あなた自身はレイヴンを摂取しないようにしていても、煙の臭いは服や髪にこびりつきます。わたくしの犬たちは鼻がいい。ごまかせなくてよ」

シャーベットとソルベが、鼻先に皺《しわ》を寄せている。

アリスはコートのポケットから、小さなピストルを取り出した。

アビゲイルはピストルを出しそこねたままだ。アリスをにらみつける。

「わたくしの推理が当たっていたということ？」

「そうね、かしこい名探偵さんだったわ。あなたとは本当にネバーモアでいられたらよかったのに」

はじめにとびかかったのはシャーベットだった。アリスの足にかみつき、さらにソルベがアリスの腕に牙を立てた。ピストルから弾が発射されたが、犬たちのおかげで狙いがそれた。木樽に穴があく。

犬たちが飛び跳ね、歯をむいて威嚇《いかく》する。アリスの腕と足から血がしたたった。

「犬とカラス、どっちが強いのかしらね」

アリスはドレスの下から、銀の鎖につながった笛を取り出した。ほどなくして、空が暗くなる。アビゲイルは天を見上げた。

カラスだ。大量のレイヴン。

「雛《ひな》の頃から育てているの。私の言うことならなんでも聞く子たちよ」

犬たちが怯《おび》えたような吠《ほ》え声をあげる。アビゲイルをめがけて、カラスたちはすばやく飛び回り、くちばしを向ける。

ハンドバッグの中のピストルに手を伸ばす。カラスは音に驚いて逃げ去っていくだろうか。だが、先ほどのアリスの銃声にはものともしないようだった。これではカラスには通用しないのかもしれない。

アビゲイルは、後ずさりした。

「……エドマンド。エドマンド！　こっちに来て！」

目の覚めるような赤い布が、アビゲイルのかたわらを通り抜けていった。

エドマンドが、襲い掛かるカラスを殴り飛ばす。黒い羽がエドマンドを覆《おお》う。彼はおびえることなく突っ切った。

両手で握りしめた赤布をはためかせ、エドマンドはそれをアリスにかぶせた。そのまま布をしめあげる。

カラスはアリスに向かって方向を変える。カラスの羽根が、アビゲイルの前をはらはらと落ちてゆく。

「やめて、やめて、私よ！　離れて！」

アリスが腕を振り、叫ぶ。エドマンドはアリスからピストルを奪い、空に何発か撃った。

「おい、そこのじいさん!!　いるんだろう、パブにいる警察を呼べ！　大至急だ」

おそるおそる様子を窺《うかが》っていたジン長老に、エドマンドは叫んだ。

アリスの体はみるみる黒に覆いつくされてゆく。ブラウスやスカートはずたずたになり、皮膚から血が流れ出ている。混乱するあまり石畳に足を取られ、倒れた彼女にカラスが群がり、黒い山を作り出していた。

「あなたがアリスを刺激しないために隠れていろと言うからそうしたが……もっと早く俺を呼ぶべきだったぞ」

「ごめんなさい」

「手紙以上に素直だ」

「びっくりしたんですもの」

「そうだろうな。俺もだ」

エドマンドは嘆息《たんそく》した。

「赤い布はどうしたんですの」

「ここで殺されたジェーンは赤いドレスを着ていた。それでぴんときた。このカラスたちは赤いものに群らがるよう訓練されていたのだろうと。おそらく彼女にドレスを贈ったのも、アリスだろう」

すでにレイヴンに支配されていたジェーンは、アリスの言うことならなんでも聞く。

「赤いドレスをプレゼントするから待ち合わせに着てきてほしい」という、首をかしげたくなるようなお願いにも従っただろう。

ぶるぶると銃をかかげるニコラスが、こちらに近づいてくる。念のため近くにいてくれと言ったのに、来るのが遅い。アリスの放った一発目の銃声がしたときにはかけつけているべきだ。

「アアアアアビゲイルさん、ご無事ですかッ、怪我《けが》はないですか」

「ニコラス。そのカラスの群れから、彼女を救い出してやって。ジェーン・ブラウンを殺した犯人よ」

「えッ、じゃあこの下にいるのが切り裂きジャック……!?」

ニコラスは腕を振ってカラスを追い払おうとするが、返り討ちにされている。帽子を奪われ、制服を糞《ふん》だらけにされるニコラスに、エドマンドはあきれた声をあげた。

「情けない。あれでもスコットランド・ヤードか」

「まぁ、ニコラスですから」

「パラソルを貸してくれないか。俺まで糞まみれになりたくない。このコートはおろしたばかりだ」

「そんなものを着てくるなんてね」

「こだわりがある、あなたと違ってな。便箋《びんせん》と封筒を選ぶみたいに、ドレスも変えてみたらどうだ」

「この街にはこれでちょうどいいですわ。しばらく着替えは必要なくてよ。黒は似合ってないかしら」

「……そんなことはないが」

エドマンドが傘を広げ、アビゲイルも共に黒いレースの下に身をおさめた。

彼が傘を持つと、漆黒の空は遠くなる。アビゲイルは安堵《あんど》していた。ピストルを使わなかったことに。犬たちに怪我がなかったことに。——思ったよりも空は明るく、エドマンドがそばにいたことに。

「申し訳ありませんわね、ジン長老さん。警察署まで走ってくださらない？　もう少し人数が必要みたい」

「あぁー……そうですか。それならジンをめぐんでくれますかね」

「きっといくらでも。ニコラスが公金で払いましてよ」

「ありがたいねえ、では行ってきますよ」

いそいそとジン長老が立ち上がる。アビゲイルは嘆息した。

「これで、犯人はつかまえましたわよ、ジェーン」

＊

「でも、わからないことがあるんですのよ」

オルコット商会。今日はよく晴れている。窓からさしこむ陽光が、冷えきった秋の空気をわずかにあたためてくれる。

アビゲイルは、銀色の缶から茶葉をたっぷりすくい、ポットの中に入れている。

「新聞は、あの日の事件をやたら書き立てていましたでしょう？　改めてじっくり読んでみたのですが、鉈《なた》を持った大男の目撃情報がありましたの。しかも複数の方が見かけたと……警察も、犯人は確実に男だと思ったようなんです。アリスが犯人だとしたら、彼はいったい何者だったんでしょうか」

アビゲイルがポットを運び、ティーセットをテーブルに置くと、リティクはほほえんだ。

彼の耳には、筒型の銀のピアスがきらりと光っている。

「集団で幻覚を見たということもあるでしょう。ロンドンはとくに霧《きり》が深いですからね。――それより、アビゲイル。私の同胞《どうほう》を追って『ネバーモア』まで行かれたとか」

「そう、そうなんです」

アビゲイルは興奮したように目を輝かせた。

「あなたのおかげですのよ、リティク。あなたが職業案内所のことを教えてくださらなかったから、この事件はきっと迷宮入りしてしまったはずですわ。なんといっても、犯人がネバーモアの職員だったんですもの」

彼女はそれから、はっとしたような表情になった。

「でも、それは同時に残念なことでしたわよね。わたくしったら、配慮がたりず申し訳ありません」

リティクの友人たちは、その後遺体で見つかった。アリスの供述通りの場所に、彼らは埋められていたのだった。遺体からは、多量のレイヴンが検出された。

アリスは、ネバーモアをたずねてきた彼らにレイヴンを融通し、中毒にさせた。

人体実験の後は、亡くなった彼らを処分したのだ――。

炭鉱に働きに行ったと見せかけ、逃亡したと思わせようとしたらしい。

余罪はたっぷりとあるようで、いまだに取り調べの最中だが、彼女は他のホワイトチャペル連続殺人事件の娼婦殺害に関しては、容疑を否認している。

「いいんです」

リティクはゆっくとソファに座り直した。彼が動くと、蓮《はす》の花の香りがする。

「アビゲイルさんが見つけてくださらなかったら、友人たちは弔《とむら》われることもなかったでしょう。こちらこそお礼を申し上げなくてはなりません」

「リティク」

「私も新聞を読みました。彼女が切り裂きジャックでないとしたら、おそろしい殺人鬼はまだ野放しということになるのでしょうか」

「……そうかもしれませんわ」

リティクは残念そうな顔をした。本物の切り裂きジャックが逮捕されていない以上、移民の彼はまた疑われ、苦労することになる。

「インドに帰られるの、リティク？」

「一緒に来てくれますか、アビゲイル」

リティクは静かにたずねた。

「わたくしは――まいりませんわ。アリスの逮捕に協力したことで、また仕事の依頼も増えましたしね。もしかしたら引っ越しをするかもしれませんけれど、それでもきっと、引っ越し先はインドではないですわ」

「私はふられてしまいましたね」

リティクはため息をついた。素直に反応されるので、胸が痛くなる。

「リティク。なぜわたくしですの。わたくしはたまたまあなたを助けたことはあっても、特別なことをしたおぼえはありませんわ」

「あなたのことが好きだからですよ」

リティクはさらりと言った。すがすがしいほどにあっさりと。

「友人として、女性として、あなたが好きです、アビゲイル。あなたを私の妻にしたいのです」

このジャムの味が好みだ、と言うような口ぶりだった。それほど自然に、彼から言葉が出てきた。アビゲイルは面食らった。

リティクは流暢《りゅうちょう》に英語を話すが、まだ言外に含みをもたせるような複雑な会話はできない。思ったことをまっすぐに伝えるのが彼の特徴だった。

「あの……リティク、それはちょっと」

「いけませんか？　想うくらいは自由です」

「それはそうですけれど……でも……ますます、わかりません。好かれる理由なんて」

「理由はたっぷりある。説明しきれないほどです、アビゲイル。あなたは聡明《そうめい》で、勇敢です。殺人犯を前にしてもおそれを抱かない。見た目は美しいけれど、それはあなたのたくさんの魅力の中のひとつにすぎません。好きにならない理由のほうが、見当たりません」

リティクはアビゲイルの頬をなでた。

「私は、そういった女性を必要としているのです。インドの女神は美しく強いお方たちばかりです」

「女神なんて、大げさですわ」

「なにか大きなものごとを成し遂《と》げるときには、力の強い男より、心の強い女性が適任なときがある」

「……リティク、あなたはなにか大きな望みがあるのですか？」

アビゲイルの問いに、リティクは答えなかった。曖昧《あいまい》に笑うだけだった。

「しかし、私の気持ちはあなたを困らせるようです。無理強《じ》いはしません。そのかわり——私はまだ、ロンドンにいます。あなたの気持ちが変わって、ここから逃げ出したくなったときに、すぐにあなたを迎えにうかがえるように」

リティクは立ち上がった。

「紅茶をごちそうさまでした、アビゲイル」

「ああ……ええ。来てくださってありがとう、リティク」

アビゲイルははっとした。紅茶にそえる菓子を出し忘れていた。しかし気づく暇《ひま》もなかっただろう。

扉が閉じる。蓮の花の香りだけが残された。アビゲイルは「接客中」の札を、からりと裏返した。

＊

パブ「黒鳥」から、にぎやかな声が響いている。ジンや香り付きのビールを片手に、労働者たちは興奮した様子である。

話題はもちろん最近逮捕された女切り裂きジャック、アリス・エザリントンについて――。

喧噪《けんそう》に耳をかたむけながら、リティクは細い路地を歩いている。

カラスの羽根がふわりと落ちて、彼の肩に乗った。

リティクはそれをつまみ上げ、目を細めた。

黒鳥とは、ブラック・スワンか、それともカラスか。

「ああ……お兄さん……ジンをめぐんでくれんかね」

痩《や》せた老人が、しわがれた声をあげて、リティクに近づいてくる。

「一杯だけでいい……そのパブで……ジンをめぐんでくださらないかね」

このあたりで『ジン長老』と呼ばれる有名な男だった。いつも誰彼かまわず飲み代《しろ》をたかっていた。弱い人間は、こうすることでしか生きていけない。

リティクは彼を一瞥《いちべつ》もしなかった。

かわりに思い出したのは、もうすぐ絞首刑が言い渡されるであろう、女の顔だった。

「アリス……あなたは私の理想の女性ではなかったようだ」

秘密結社「青い鴉」。志《こころざし》を持ち、勇敢で、気高《けだか》い者しか入会を許されない。

リティクは、濃紺で染め上げたシャルワニの袖《そで》をまくった。ラピスラズリをはめたターバンを巻き、補装されていない、荒れた道をゆっくりと歩いている。

この装《よそお》いは、結社に命をささげた証《あかし》であった。

活動時には、必ず頭や心臓の近くに青いものを身に着けること。それがルールであった。

結社の一員であるためには、匂うたばこを吸うことも、鴉の名を冠した場所で働くことも必要としない。みずからが有能であること証明し、口と志が岩のようにかたいことを示せば、ふさわしい役割が与えられる。集会に参加し、儀式を終えれば、平凡な人生とは切り離されることになる。

鴉がするどく鳴く。しかし、彼の知っている鳴き方ではない。アリスは、彼らのありようをひどく変えてしまった。

彼らの鴉は、赤いものには見向きもしないはずなのに。

「すぐさま、しつけなおしてあげましょう。指導者をまちがえなければ、今度こそきっとうまくいく」

大英帝国を揺るがすほどの計画を持つからこそ、裏切り者は許さない。

その命を差し出し、間違いがあれば仲間からの制裁をも甘んじて受け入れる覚悟でなければ、この役目はつとまらない。

鴉のくちばしは、反逆者に与えられる刑罰であった。

合図ひとつで、青を目標にした鴉は、裏切り者に向けてくちばしを突きたてる。

万一の時に制裁をまぬがれるように、アリスは自分だけの鴉をしつけたのだ。青い服を着たものではなく、赤い服を着たものを襲うように。

アリス・エザリントンを仲間に加えたのはリティクである。

——見込み違いだった。

レイヴンの実験は慎重に行わなくてはならない。それにもかかわらず、ひっそりと麻薬を売りつけるようなやりかたをするなんて。

リティクは故郷でつまはじきになっている男たちに声をかけ、ロンドンに連れてきた。

レイヴンの実験——あくまで、崇高《すうこう》な目的のための犠牲として。命を落とす者もいたが、それがやがては理想のためになると信じた。英国人が死ねば騒がれるが、移民の遺体が転がっていてもこの国の人間は鼻に皺を寄せるだけだ。

リティクの予想通り、彼らが死んだとき英国人どころか同郷の身内すら騒がなかった。素行の悪かった彼らに、家族は日頃から手を焼いていたのだ。

社会から見捨てられた人間に少しずつ薬を与え、安全性を見極める。その後は商品化し、戦争に役立てる。商品開発から輸送にいたるまで、リティクは結社の要《かなめ》になるはずだった。こんなかたちで世間にレイヴンが露見することになるまでは。

アリスは目先の小遣《こづか》いを目当てに、不特定多数にレイヴンをばらまき、中毒者から金をまきあげた。ジェーン・ブラウンにもあちこちに借金させ、もうすぐ死ぬとわかるやいなや、彼女を泥棒に仕立て上げ、情報を手に入れた。フリートウッド家の情報を組織に渡しておけば、忠誠を示せると思ったのか。

借金などさせたら、返済するまで債権者はジェーンにつきまとう。彼女の死が注目される要因を作り上げてしまう。

指定された人物以外にレイヴンを融通することは禁じられているというのに。

「小手先の金儲けではない。青い鴉の目的はもっと気高《けだか》いものだ」

リティクは銀のピアスをはずした。

「切り裂きジャックにも、第一発見者にも罪をなすりつけることを失敗するとは。無能なただの女には、われわれの活動はつとまるまい。次の女神が見つかるまでは、私が笛を吹こう」

次の女神。その候補は、リティクの中で定まっている。

アビゲイル・オルコット。

見事真相をつきとめてみせた。かしこく、美しく、疑り深い。

レイヴンの存在が世に知れるのは時間の問題だった。レイヴンの商品化の可能性と、アリス・エザリントンを捨てるついでに、リティクは失踪《しっそう》した仲間を探すふりをして、彼女の実力をためした。黒ずくめの淑女が、ジェーン殺しの犯人をつきとめられるかどうか。

彼女は切り裂きジャックという大きな雑音にまどわされなかった。

「良い収穫になった——アビゲイル。私はあなたが欲しい」

筒型のピアスの先端に息を吹きこめば、するどい音が鳴る。

「アリス。これにて別れだ。この仕事は私が引き継ごう。もう二度と会うことはないだろう。あなたと私があいまみえることは、ネバーモアだ」

リティクは低い声で言った。しかしそれは彼の故郷の言葉だったので、ジン長老にはよく聞き取れなかった。かろうじて「ネバーモア」という単語だけを拾うことができたが、彼にわかったのは、この男からはおそらくジンをめぐんでもらえないだろうということだけだった。

どこからともなく集まってきたカラスが、空を覆い隠してゆく。

カラスはリティクの体を覆ってゆく。霧にまぎれて、彼の姿はおぼろげになる。彼が手を伸ばすと、指先にまでカラスが留まった。

それはさながら、鉈を持つ大男の影だった。

「あんたは、あんたは……」

ジン長老がすべてを言う前に、リティクの姿は消えていた。

ジン長老は目をこすった。奇術かあるいはまぼろしか。霧とアルコールが彼に夢を見せたのか。

「ああ……誰か、ジンをめぐんでくださらないかね……」

しかし、彼にとってはどうでもいいことだった。カラスの羽根を踏みつけて、ジン長老は再び路地へと足を向けた。

エピローグ　青年VSアビゲイル・オルコット

ロンドン警視庁の待合室である。

エドマンドは椅子にどかりと座り、しきりに足を踏み鳴らしている。

もうここに来て一時間になる。すぐにでも取り次いでもらえるはずだったのに。

いったい警察の連中というのは、人の時間をなんだと心得ているのか。ごく当たり前の対応を求めるだけで、また誤認逮捕の件を持ち出さなければならないのだろうか。

「エドマンドさん、申し訳ありません。たてこんでしまいましてね」

扉を蹴破るようにして、ニコラスが現れた。手にはエドマンドが長らく求めてやまなかった、ラベンダー色に染めた革のノートがある。すぐさまニコラスからひったくりたいのをこらえて、エドマンドはいらいらと答える。

「そのようだな。俺はこのすばらしい机の木目《もくめ》の数まで、全部おぼえてしまいそうだ」

「死んだんですよ。アリス・エザリントンが」

「何だって?」

エドマンドはもう一度、ニコラスにたずねた。

「死んだ? アリス・エザリントンが?」

「はい。昨夜未明、拘置所《こうちしょ》でね。顔と喉《のど》を突かれて、それが致命傷だったようです」

「自殺じゃないのか」

「ええ。どこからともなくカラスが入り込んで、彼女を襲ったという話ですよ」

「アリスは……赤い服を着ていた？」

「え？　どうだったんだろう。青だったような気もするけど」

エドマンドは腕を組んだ。あの鴉は、赤いものに反応するようにしつけられていたのではないのか。

それに、なぜ鴉の飼い主であるアリスを襲う？

ニコラスはそわそわとしている。

「まいったな。もっとあのレイヴンとかいう麻薬について、あの女から情報をしぼりとるつもりだったんですが。ろくに口も割らないまま、カラスに殺されちまうなんてね。そのうちまた新聞社が騒ぎ立てるでしょう。驚くべき無能集団、スコットランド・ヤードってね！」

やけになっているのか、ニコラスはエドマンドにノートを投げて寄越《よこ》した。

「おい。もっと丁重に扱え」

「丁重ですよ、それでも。アリスの家からありとあらゆる紙の盗品が見つかりましてね。どうも軍のお偉いさんの家に忍び込んじゃ、盗みを働いていたようですよ、その青い鴉ってやつらは。僕がこっそりそれを持ち出してきたんですから。本当はいけないんですけどね、本当は。これでもう誤認逮捕のことをあてこするのはやめてくださいよ」

「中身は見たのか」

エドマンドは注意深くたずねた。

「この……ノートの中身は」

「そんなの、見るに決まってるじゃないですか」

「お前……！」

「なーんて、嘘です。僕そんな暇《ひま》じゃないですもん。僕はこれでもスコットランド・ヤードの警官ですよ。アリス逮捕から彼女の過去について調べてこいだのなんだのって、あちこちに駆けずりまわされたんです。でも僕はいくら忙殺されていたとはいえ、デキる男ですからね。そのノートにエドマンドさんのイニシャルがあったから、たまたま現場から失敬できたんですよ。どうです、このするどい観察眼！　いやあ、持ち物には名前を書くべきですよね。僕の手帳にも、アビゲイルさんにきれーな字で書いてもらおうかな。ニコラス・クルックってね」

エドマンドは、ニコラスの長ったらしいセリフをもう聞いてはいなかった。手帳をめくり、破り取られているページがないかをたしかめる。

「本当に、お前はこれを読まなかったんだな。お前以外の誰も？」

「そうですよ。そんなに大事なことが書いてあるんですか、エドマンドさん」

「ああ……まぁ、ビジネスのことだ」

エドマンドは、ノートをかばんの中にしまいこんだ。

「青い鴉を追いたいなら、ネバーモアとバーミンガムの孤児院は調べたんだろうな」

「燃えてました」

「燃えた？」

「ネバーモアは昨晩のうちに火事に、孤児院はもぬけの殻《から》だったそうです。青い鴉の痕跡はどこにもない。アリス逮捕の報が出てから、たった一日です。気味が悪いくらいですよ」

「……そうか」

——手際《てぎわ》がよすぎる。

秘密結社、青い鴉。エドマンドが思うよりも大きな組織なのか。すぐそばにメンバーがまぎれこんでいるのか……？

「とにかく、お待たせしました。他にもフリートウッド邸で盗んだと思わしきものが出てきたら、連絡しますから」

「問題ない。これが戻れば、あとは捨て置いて構わない。ああ、あいつはもう釈放されているんだよな。マシュー・ヘイルだ」

「ええ、一昨日監獄から出たようです」

「しばらくアビゲイルの周辺をパトロールさせろ。アビゲイルを逆恨みしているかもしれない」

「大丈夫でしょう。マシューは親御さんが迎えに来て、故郷のグラスゴーに帰るそうですよ。さんざん新聞ネタにされているし、しばらくロンドンじゃ弁護士稼業は難しそうですしね。あなたはもちろん、これからアビゲイルさんをたずねるんでしょう」

「そのつもりだ。ロンドン警視庁は多忙かつ無能だからな。パトロールひとつあてにならないなら、自分でなんとかしなくては。長いこと邪魔させてもらった」

エドマンドはコートを羽織り、ブーツを鳴らして歩く。かばんに入れた革のノートは分厚く、ずっしりとしていて、その重みがエドマンドの心に安堵《あんど》をもたらしている。

エドマンドをみとめた御者《ぎょしゃ》が扉を開く。

「イーストエンドに向かってくれ。ああ、それからその前に花と酒を買いたい、百貨店へ」

「かしこまりました」

「ブラシは持ってきただろうな？　帰りは服が犬の毛まみれだ」

御者は心得たようにうなずいた。エドマンドはシートに体をもたれさせ、革のノートを手に取った。


アビー。君の名前をこうして綴《つづ》る。

幾日も、幾年も、君のことを考える。

けれど僕と君は、まだ出逢《であ》えていないのだ。

エドマンドは感謝しなくてはいけない。ジェーン・ブラウンが字を読めなかったことに。ニコラスが、エドマンドの日記に大した興味を示さなかったことに。もしふたりのどちらかが、アビゲイルにこの日記の内容を告げていたらと思うとぞっとする。

今から八年前。見合いのためにオルコット邸をおとずれたエドマンドは、ひとりの少女に目を奪われた。窓辺《まどべ》に座り、一心になにかを書きとめていた彼女。ふわふわとした金髪に、澄んだ紫色の瞳。オルコット家の末娘のアビゲイルだった。

まだあどけない少女だったが、凜《りん》とした美しさがあった。

それが、エドマンドが知る彼女のすべてであった。

彼女の人となりも、趣味も、好きな季節や食べ物もなにも知らなかったが、そこに存在するアビゲイルは、くっきりと鮮明であった。

まっすぐ背筋を伸ばしてペンを取り、手元を見つめるその視線。アビゲイルの姿は、よくできた美術品のようだった。人よりも繊細に作り込まれた彫刻に近いように思えた。

エドマンドはその姿にただ目を奪われていた。

彼女に強烈に興味を惹《ひ》かれた。

それまでこのようなことはなかった。美しい人というのは、エドマンドの周囲にあふれていたし、なにより彼自身もそこに分類される側《がわ》の人間であった。美人など見飽きている。

なにより、アビゲイルの姉たちだって、美しいことに変わりはなかった。

人と付き合うときは、外見だけではなく、知識や話し方、行動、すべてをよく観察するべきだ。エドマンドはそう考えていたからこそ、付き合う友人知人は慎重に選ぶたちだった。無駄な人付き合いはしない。人生が煩雑《はんざつ》になるだけだ。

ましてや話したこともない女の子に興味を持つなんて、ありえないことである。

しかし、アビゲイルに対するこの気持ちはいったい何なのだろう。

何をしていたとしても、アビゲイルの姿が勝手に脳裏に浮かんで、思考が止まってしまう。

エドマンドは困惑《こんわく》していた。

なにもない草むらを歩いていたかと思えば、いつのまにかブルーベルの群生に取り囲まれてしまっていたような、不覚な捕まり方であった。

エドマンドの相手は彼女の姉たちのどちらかと決まっている。いつも三人で行動するように仕向けられた。年の離れたアビゲイルは、祖母のもとに追いやられてしまい、以降彼女の姿を見ることはかなわなかった――。

それでも、居所はわかっている。彼女に手紙を書こうか。でもなんと？　あなたの姿に一目惚《ひとめぼ》れをしたと？　そんなこと……。アビゲイルが、大声で体をゆすって笑ったり、驚くほど下品な発言をする娘だったらどうする？　前言撤回するのか？

一目惚れをするなんて、外見でしか人を判断しない、まるで幼稚な男じゃないか。

「エドマンド。オルコット家のマーガレットとローズ、ふたりのうちのどちらと結婚するか、決まったのかね」

父にそうたずねられたとき、エドマンドは口ごもった。

「ふたりとも、よく似ていらっしゃるので……」

「似ているからどうした。べつだん、性格に大きな違いはないと聞いているが」

「そのようですね」

どちらも流行のドレスが好きで、ボート遊びにはしゃぎ、砂糖を入れたワインを好む。エドマンドはこのふたりの見分けがつかなかった。ドレスやリボンの色をまったく同じにされたら、きっと間違えてしまうだろう。

「似通った性格で決めかねていると？　どちらかがもっと美人だったら、そちらを好きになるのか？」

「いや、そういうわけでは」

「エドマンド。外見で女性を好きになるなど、愚かな人間のすることだ。それはお前が一番よくわかっているだろう。母親譲りで、まぁお前は男にしておくにはもったいないほどの美貌の持ち主よ。お前に寄ってくるのは、頭がからっぽで、お前を流行《はや》りのアクセサリーや自慢できるペットのようにしか見ていない、わかりやすいほど独りよがりのアホばかりだ。事実、私がそうだろう。うん？　若く美しい母さんをものにしようとした私は、金をジャブジャブと注《つ》ぎ込み、見栄《みえ》と道楽だけに生きている」

「自分で言うんですか、父さん」

「そうだ。お前が私を軽蔑《けいべつ》していることもよくわかっている。しかし、血は争えないということもある。もっと美人がいいというのなら、止めはしない。あのふたりもなかなか整っているとは思うがね。年上なのが気に入らないのか？　それとも別の家の娘を紹介してもらうか？」

「いえ——父さん。女性の外見や年齢にこだわりはありません。でもしばらく結婚はいいです。やってみたい仕事があるので……」

言いだせなかった。

ひとことも話したことのない、年若いアビゲイルに手紙を書こうとしているなど！

アビゲイルが手紙を受け取り、父親に話したらどうなるだろう。

アビゲイルの父から、エドマンドの父へ——想像しなくとも、この先はわかるというものだ。

一目惚れなど、幼稚で未熟な人間のすることである。エドマンドは自室に戻り、書きかけの手紙を破り捨てた。

アビゲイルに近づくことはできない。彼女の姉との婚約をふいにしておきながら、いまふたたびオルコット家とかかわりを持とうなど。

忘れようと思った。でもできなかった。

たった一度だけ見かけたアビゲイルを好きな理由を、彼は説明することができない。

アビゲイルを好きな理由は？　彼女に惹かれた理由は？　彼女のことを四六時中思い出してしまう理由は？

理由、理由、理由。

理由がない。それが、エドマンドには、ひどく耐えがたいことだった。

いつだってエドマンドの行動には明確な理由があった。

無口で文句のひとつも言わない男だから、従僕として雇う。

ローストチキンを上手に焼けるから、コックの給金を上げ、彼女の要求通りにキッチンメイドを増やす。

パブリック・スクールの友人は、多くは作らないと決め、スポーツと勉強が得意なやつをひとりずつ選んだ。課題をそつなくこなし、学校生活をつつがなく送るために。落第生には目も向けなかった。

学生生活の方針は変わらず、最高学府を卒業まで狭く浅い友人関係を保った。事業を始めてからは、自分の役に立つ人物――そして見返りに彼らが満足できそうなものをエドマンドが提供できそうな人物に、付き合いをしぼった。

なんの理由もなく話をしたいと思った人物は、アビゲイルが初めてだった。

理由はないが、そばにいたい。そんなもの、気の迷いである。とくに妻なんて。他の人間で十分代わりになる。

それなのに、ほかの女性のそばにいる自分など考えられなかった。

アビゲイルが大きくなり、姉とよく似た美しい娘になって、見知らぬ男のそばで笑っている想像は、悪夢として彼を悩ませた。

アビゲイルでなくてはだめだ――。心の奥底で、本当の自分が叫んでいる。

まさかそんな。俺はそんな考えなしに行動する男ではない。不埒《ふらち》で軽薄で、女によってみずからの身を滅ぼしてしまう男をいくらでも見てきた。恋愛なんて、一時の感情でしかないのに。エドマンドは、そういった連中を鼻で笑ってきた。

俺は……そいつらと同じ、どうしようもない愚か者であるというのか。

妻なんて、おとなしくて自分の言うことをよく聞いて、跡取りを生んでくれさえすれば、誰だって同じじゃないか。

彼女のことは忘れろ。一度見かけたきりの女の子のことなんて。

それこそが、冷静で利口なエドマンド・フリートウッドを取り戻す、唯一《ゆいいつ》の方法だ。

エドマンドは自分にそう言い聞かせた。アビゲイルの面影《おもかげ》を振り切るようにして仕事に精を出しはじめた。

それから、何か大切なものが欠け落ちてしまったかのように、エドマンドの心は晴れることはなかった。

彼がつかの間、新鮮な空気を求めて水面から顔を出すように、逃げ込んだのは紙の上の世界だった。

日記を取り出した。

几帳面《きちようめん》な文字が綴られているが、読み返したことは、今までない。この感情と向き合いたくなかったから。

想うぶんにはエドマンドは自由だった。現実はままならなくとも、紙の上なら人は翼を得たように踊れる。

ひとことも言葉を交わしたことのないアビゲイルを、親しげにアビーと呼ぶこともできる。

アビー。まだ俺は君を知らない。

あなたがどんな人と出逢い、どんな恋をして、どんな人生を歩むのか――。

エドマンドはオルコット商会のカードを取り出し、日記のページにはさみこんだ。

オルコット商会。エドマンドはついにおとずれることができた。

社交界でたまにアビゲイルの噂を耳にしたが、だいたいはその奔放《ほんぽう》さを揶揄《やゆ》するものだった。やはりアビゲイルはおしとやかな彫刻作品ではなかったのだ。きっと本物に会えば幻滅する。それでも、彼女の噂につい耳をかたむけてしまう自分がいた。

こんな形で縁がつながるとは思いもよらなかったのだが。

アビゲイルは想像よりも型破りで、正気を疑うような行動をし、むこうみずな女性であったが、同時に想像を超えるほどいきいきとした、炎のような情熱に満ちていた。

おとなしく従順な女性がエドマンドの理想であったはずなのに、本物のアビゲイルを見た後でも、彼女への気持ちは変わることなく、むしろいっそう強く魅了されていった。

しかし、ずっと昔からエドマンドが彼女を想っていたことを知ったら、どうなるだろう。アビゲイルはおびえるのではないのか。

けして過去の自分のよこしまな気持ちが伝わることのないように、エドマンドは細心の注意を払っていた。

なにもしなくとも、アビゲイルが自分に惚れてくれたら楽なのに。どうでもいい女性はエドマンドに恋文をよこし、熱心に晩餐会《ばんさんかい》に招待しようとするのに、アビゲイルときたら、エドマンドにそういった魅力は感じていないらしい。おまけに彼女の周囲には男ばかりだ。

それが面白くなくて、つい優しくない態度をとってしまう。

しかし、方向性を変えるべきときがおとずれているのである。

「花を包んでくれないか」

「どういったものがよろしいでしょう。ちょっとした贈り物から、お祝いの品まで……大きなブーケをお作りすることもできますが」

胸に抱《かか》えるほどのブーケなんて、きざすぎる。そんなものを持って階段をのぼってきたら、あの家政婦たちが大騒ぎしそうだ。

「詳しくないが、手に小さくおさまるくらいで、大げさにしないでくれ。適当にまとめてくれればいい」

百貨店は便利だ。なんでも揃《そろ》う。花もウィスキーも吊るしの服も。さりげない贈り物に困ることはない。

「あの……婚約者さんにですか？」

店員はおずおずとエドマンドの表情を窺《うかが》った。

なぜわざわざそんなことを聞く。どいつもこいつも、熱心に読むのはゴシップばかりか。

「アビゲイル・オルコット様に」

「そうだ」

エドマンドは開きなおった。目当てのものが見つかった以上、この婚約を継続させる意味はない。だから今、花を買いに来ているのではないか。

うかうかしている間に、いつあのインド人がアビゲイルにちょっかいをかけるかわからない。

思い切って行動するべきだ。

それに、自分がアビゲイルのそばにいるべき理由もある。マシュー・ヘイルはグラスゴーに帰ったとはいえ、青い鴉はどこに潜《ひそ》んでいるかわからない。万が一のときのためだ。……隣にいるトーマスの方が駆けつけるのは早いし、警察官のニコラスの仕事でもあるが、それにしたって、エドマンドが役に立たないわけではない。

「アビゲイル様宛ですね。それなら、クリスマスローズで作らせていただきます。瞳の色がきっと同じでいらっしゃるでしょう」

「彼女の瞳の色を？」

「知っています。たまにこの百貨店でお買い物をなさるのです。お隣の文具店で、インクを買いに。きれいな色のインクを売っているんですよ」

「ありがとう。そのインクの種類が分かれば、一緒に買っていこう」

「店主がきっとご存じですよ」

「それから聞きたい。シェリー酒を買うには、何階へ行けば？」

「二階です」

店員はすばやくブーケを作っていく。紫色のクリスマスローズが、ワインレッドのリボンと共にまとめられてゆく。やはり改まりすぎているだろうかと思う。だが今更だ。やっぱりいらなくなった、とはエドマンドは言えなかった。言うべきでもないだろう。

八年待ったのだ。それでも気持ちは消えなかった。きっと、これ以上待ったとて結果は変わらない。

＊

ほんの数日の間に、アビゲイルのスケジュールは次々と埋まっていった。恋文《こいぶみ》やファンレターの代筆、お礼状や釣り書きの作成、契約書やセールスの手紙、なんと請け負《う》うといったおぼえのない筆跡鑑定まで。

アリス・エザリントン逮捕の功労者としてふたたびアビゲイルが新聞の紙面をにぎわせてから、彼女はイーストエンドいちの有名な女性経営者となった。そんな彼女にあやかりたいと、ひっきりなしに依頼が舞い込んでくるようになったのだ。

扉が二度、几帳面にノックされた。無視しようかと思ったが、そのノックの特徴におぼえがあり、アビゲイルはあわてて彼を迎え入れた。

「あら、エドマンド。いらっしゃったのね。かけてくださいまし。悪いですけれど、紅茶がほしかったらご自分で淹《い》れてくださらないかしら」

「忙しいのか」

エドマンドは後ろ手で扉をしめる。シャーベットとソルベが、エドマンドの手元の匂いを嗅《か》ごうと飛びついている。

「こら、やめなさい二匹とも。おすわりですわよ。エドマンド、あなた書類が見つかったんですってね。ニコラスのところへ取りに行かれたんですの？」

「ああ、受け取った。あなたには世話になったな」

「こちらこそ。見てくださいまし、この依頼の数々！　あなたって本当にわたくしの守護聖人みたいな方ですのね、エドマンド。こんなにたっぷり依頼をいただいたことってこれまでなくってよ。あなたがここに来てからいいことばっかりな気がしますわ」

「アビゲイル」

　エドマンドは改まったように言った。

「そのことなんだが、忙しくなるなら事業を手伝える人間を増やしたらどうだ。料金表も設定して、きっちり線引きをしたほうがいい。オフィスだって手狭になるだろう。何度も言っているが、安全面のこともある」

「そうですわねえ。でもこれも一時の特需《とくじゅ》かもしれないですしね」

「そんなことはない。アビゲイル、俺は――」

　エドマンドは小さなブーケを取り出した。綿の花や枝付きの木の実と一緒に、紫色のクリスマスローズが可憐《かれん》に花開いている。

「俺は、あなたの将来のことを案じてだな。それに」

「まぁなんてきれいなんでしょう。もしかして、事件解決のお祝いですのね？」

「いや、これは」

「しゃれていますわ。花瓶をどこにしまいこんでしまったかしら。ないようでしたらトーマスに借りてこないと」

「花瓶は、いい。聞いてくれ、アビゲイル。そこにかけて」

アビゲイルはきょとんとしたが、エドマンドが真剣な顔つきだったので、従った。膝《ひざ》の上に乗せたブーケの匂いを、シャーベットとソルベが鼻をつっこんで嗅いでいる。

「あなたのおかげで書類を取り戻せた。目当てのものは、無事に手元に戻ってきた。俺がここをたずねるはめになった問題は解決したんだ」

「よかったですわね。どんな書類でしたの、ちなみに」

「それは――その、ビジネスの書類だ」

「契約書はナイツブリッジのオフィスに置いてあったのでは？」

「一部、チェルシーの屋敷にもあったんだ。そんなことはいい。まだ俺たちの間には問題があるだろう。あの誤報だ。婚約報道の――」

「ねえ、エドマンド。それ、少し待ってくださらない」

アビゲイルは身を乗り出した。

今ここで、あれが誤解でしたと報じられるのはまずいのだ。恋文の依頼がすべてなくなったら、相当な痛手だ。企業の契約書は一度取り交わしてしまえばその後しばらく次の仕事はないが、恋文はしょっちゅう書簡を往復することになるため、どの依頼人も必ずリピーターになる。

今のところ、アビゲイルが代筆した恋文は順調に往復しているし、依頼人たちの恋もうまくいっている。あとは数組カップルを誕生させれば、たとえ婚約報道が誤報であったとしても、たしかな実績になる。以降はエドマンドの威光がなくともやっていけるだろう。

「まだ、わたくしとあなたは婚約中とするのはだめかしら。そう……せめてひとつ季節が巡るくらいは。お願いですわ」

「アビゲイル」

「あなたが迷惑だったら無理にとは申しませんわ。でも、わたくしまだ……あとほんの少しの間だけでも……あなたの婚約者でいたいのです」

エドマンドは、言葉を失っていた。うすいくちびるをほんの少しあけて、驚愕《きょうがく》の瞳でアビゲイルを見つめている。

「えっ、わたくしの顔になにかついていて？」

アビゲイルは顔をこすった。お昼に食べたミンスパイのかすが、たしかについていた。トーマスがたっぷり焼いておすそわけしてくれたものである。いけない。あわててハンカチを取り出し、口元をぬぐう。

「失礼しましたわ。エドマンド……あなた、どうかして？」

「いや……俺も……同じ気持ちだ、アビゲイル」

　エドマンドは目をうるませていた。青い瞳が揺らぐと、とても神秘的だ。アビゲイルはしばし感心したように彼を見つめていた。そういえば、なぜ彼は泣きそうになっているのだろう。

「ああ、きっとあなた女性避けがされたいのね。だってご覧くださいまし、この熱いひと夏を過ごしたっていう例のメアリー、まだわたくしに手紙を送ってくるんですのよ。よほどあなたにご執心《しゅうしん》のようだわ」

　アビゲイルは手紙箱の中から、いくつかの封筒を取り出した。

「え？」

「こっちのダイアナはあなたとふしだらな関係を結んだんですって。こっちのマリアはあなたのために全財産を放り出したって。それはしょっちゅうこのような方々につきまとわれていたら、泣きたくもなりますわよね。きっとあなたって、女難の相が出てるんじゃありません、エドマンド。東洋の占い師に見てもらった方が良いかもしれないですわ」

「……あなたは俺と婚約したいんだよな、アビゲイル」

「ええ。恋文の代筆が一番、安定した収入になりますので」

「どういうことなんだ？」

「ですから、この仕事がもうすこし軌道に乗るまで、偽物《にせもの》の婚約者でいさせてほしいと言っているのですわ」

エドマンドは、夢からさめたかのように怜悧《れいり》な表情になった。

「エドマンド？」

「そうか」

「あなた、本当にお疲れでいらっしゃるんじゃありませんの？」

「いいんだ。あなたの気持ちはよく分かった、アビゲイル」

ソルベがクーンと鼻を鳴らしている。ローテーブルの下に、犬たちが二匹とも身を隠している。

エドマンドは淡々と、百貨店の紙袋をテーブルの上に置いた。

「これ、差し入れだ。インク壺と、シェリー酒」

「まあ、これいつも私が使っているものと同じですわ。こちらのシェリー酒は……」

エドマンドはため息をついた。アビゲイルは上等なシェリー酒の瓶を手に取って、ほほえんだ。

「あれですわね、ティプシーケーキ。では、わたくしがケーキを焼いたら、あなたは手紙にお返事をくださるのよね？」

いつか、バーミンガムに行ったエドマンドにアビゲイルは手紙を書いた。仲違《なかたが》いしてしまった彼に謝罪するために。返信はなかったけれど、後日そのことが話題にのぼった際、彼はオルコット家のティプシーケーキがこの場にあったなら、返事を出したかもしれないと言った。

「ほしいのか、俺からの手紙なんて」

「もちろんですわよ。手紙を送ったのに返事がないなんて、さみしいですわ」

「……さみしいか」

「もちろんですわよ」

「本当か」

「いったいどうなさいましたの。わたくし、手紙の返事がもらえないなんてほとんどありませんでしたのよ。あなたってば、わたくしにめったにない経験をさせたんですわ」

エドマンドはくちびるのはしを上げてほほえんだ。いつの間にか、彼の機嫌はほんの少し直っているようだ。アビゲイルは、やっぱり彼に紅茶を淹れてあげようという気持ちになった。

「もう少し温まっていかれますでしょう？」

アビゲイルの言葉に、エドマンドは静かにうなずいた。

「ケーキと一緒に手紙を送りますわ、エドマンド。どちらに送ったらいいかしら。チェルシーのお屋敷？　それともナイツブリッジのオフィス？」

「ここに置いてくれ。ここに取りに来る。あなたに引っ越すつもりがないなら、しばらくは男手が必要だ。だから切手を貼る必要もない」

アビゲイルは立ち上がり、ポットをあたためる。彼女の心も優しくぬくまっていく。

自分が差出人の手紙を書くときは、いつも特別な気持ちだ。飾らなくていい。とくに相手が、一緒にロンドン中をかけまわったエドマンドなら。

「では、楽しみになさっていて」

アビゲイルはとりあえず、空っぽになったジャムの瓶に、クリスマスローズを差し込んだ。

※この作品はフィクションです。実在の人物・団体・事件などにはいっさい関係ありません。

集英社オレンジ文庫をお買い上げいただき、ありがとうございます。
ご意見・ご感想をお待ちしております。

● あて先
〒101-8050　東京都千代田区一ツ橋2-5-10
集英社オレンジ文庫編集部 気付
仲村つばき先生

ホワイトチャペル連続殺人
代筆屋アビゲイル・オルコットの事件記録

集英社
オレンジ文庫

2025年3月23日　第1刷発行

著　者　仲村つばき
発行者　今井孝昭
発行所　株式会社集英社
〒101-8050東京都千代田区一ツ橋2-5-10
電話【編集部】03-3230-6352
【読者係】03-3230-6080
【販売部】03-3230-6393（書店専用）
印刷所　TOPPANクロレ株式会社

ISBN 978-4-08-680610-7 C0193

仲村つばき

廃墟の片隅で春の詩《うた》を歌え

（シリーズ）

廃墟の片隅で春の詩《うた》を歌え　王女の帰還

革命で王政が廃され、辺境の塔に幽閉される王女アデール。
亡命した姉王女から王政復古の兆しを知らされ脱出するが!?

廃墟の片隅で春の詩《うた》を歌え　女王の戴冠

第一王女と第二王女の反目が新王政に影を落とす――。
アデールは己の無力さを痛感し、新たな可能性を模索する。

ベアトリス、お前は廃墟の鍵を持つ王女

三人の王族による共同統治が行われるイルバス。兄弟との
衝突を避け辺境で暮らすベアトリスは、ある決断を迫られる。

王杖よ、星すら見えない廃墟で踊れ

伯爵令嬢エスメは領地の窮状を直訴すべく、兄に代わり
王宮に出仕した。病弱で我儘と噂の末王子に直訴するが!?

クローディア、お前は廃墟を彷徨《さまよ》う暗闇の王妃

長兄王アルバートは権勢を強めるべく世継ぎを生む
妃探しに乗り出した。選ばれたのは訳ありの修道女で…？

神童マノリト、お前は廃墟に座する常春の王

友好国ニカヤで幼王マノリトの後見人を務める
女王ベアトリスを訪ねたエスメ。だがニカヤは政情不安で…。

ベアトリス、お前は廃墟を統べる深紅の女王

王冠を捨てた王女カミラが帰還した。つぎつぎと
集結するイルバス王家と〈赤の王冠〉、ついに全面対決！

好評発売中

【電子書籍版も配信中　詳しくはこちら→http://ebooks.shueisha.co.jp/orange/】